愛は多く 人々は遠く

池田 真一
Ikeda Shinichi

文芸社

愛は多く　人々は遠く

†

CONTENTS

第1章　97年のスクリプト

1

講堂は、昼間その横を通ると、モダンな外観や何とかの誰々を記念して建立されたという類の立派な意匠をよそに、沈黙の茂り広がる溜め池のような辛抱強さを守り、横たわり、あくびを噛むのを唯一の仕事に、陽を避けて、忘れっぽい顔を浮かべるだけである。正面に差し出された幅の広いひさしも、たっぷりとブランクを取って、太い柱が碁盤の目に渡されたために、厳しい西日はおろかどんなにささやかな雨粒から逃れるにしても全くこれっぽっちも役に立たず、学生は悠然と、あるいは足早にその前を通り過ぎていく。実際に彼ら（その大部分は女の子である）が何かしらの理由があって立ち止まるというのも、ガラス張りの側壁の前でくるりと回ってみたり、前髪をちょんちょんと直すくらいで、入口に鎮座する何とかの誰々の胸像を仰ぎ見たり、通り道のすぐ脇に埋めこまれた、大家のミミズがのたくったような碑文を読んだりするようなことはまあない。円天井を三十分間かそこらぼんやりと眺めても（僕は実際にある講義の間、窓からかいま見えるその光景を九十分見続けた）、一羽のスズメすらそこで羽を休めることはない。まるで建てられてまもなく人為的に風化させられたような印象さえある。おそらくそこにはある地点も、ある境目も、ある種のやりとりもなく、空気のような物入れにすっぽりと収まってしまって、どこかの物好きが手を出すには視線を虚空に浮かべた案内人と連れ立つようなものなのだろう。あるいはそういった種類の建物が世間には割りに多いのかもしれない。

どんよりとした空気に駆け抜ける季節の若い風も尻ごみ、ナメクジのため息のような長い長い間延びした時間が宿主と終わることのない蜜月を過ごしているようだ。いつかのっそりとその重ったらしい腰を上げ、気が触れたように暴れ出すのではないだろうかという突飛な想像を僕はよくした。建設予定のないビルの管理人のような澄まし顔を浮かべる名づけ親をあっさりと払い倒し、目が合った最初の人間（僕だったりする）をひっ捕まえて、これといって話し始める歴史のなさを赤ん坊のように泣き嘆き、あるいは捏造《ねつぞう》したか実際にあったか判断しかねるロマンチックなエピソード（ローズマリー・クルーニーが白いイヴニングドレス姿でこのステージに立ったとか、ベラルーシの舞踏団が二階席の端っこでいそいそと着替えをしたとか）を気前よく喋り出しそうである。僕が知っている限り、僕がその大学に在籍した実質五年半の間、彼（つまり気の毒な講堂。彼女と呼ぶには少しばかり無愛想に過ぎる）はじっと我慢し、やりのような西日が射そうが、げんこつのような雹《ひょう》が降ろうが、それによって学生たちが軒下探しに右往左往するにもかかわらず、間抜けなひさしを全く意に介することなく、無言の行に我が身を惜しみなく投げ出していた。お互いの無関心（もちろん単なる建物に感動する人間なんてそう多くはない）がなお一層その関係を、昼間においては、不毛と言わざるを得ないものにしていた（講堂を利用するにあたっては、煩雑な手続きが繰り返され、使用目的とその意義を明確に提示し、かつ学生サイドの申し出は原則的に受理されないことを双方の名誉のために付け加えておく）。

＊＊＊

そのとき僕は講堂を眺めていた。その光景は誰かの夢に出てきても不思議ではなかった。例えば見渡す限り何もない夜の原野に、まばゆいばかりに光が溢れている舞踏場がとってつけたようにぽつんと建っていて、それを奇妙な気持ちで（あるいは招待状を片手に）眺めているうちに、足許が不意に弱い灯りで照らされ、会場へと続く長く細い一本道がゆっくりと、インクが紙片に滲むように姿を現す。一歩一歩足を運ぶごとに小径の両脇からか細い灯りがともり、足許をそっと明るくしてくれる。何とはなしに後ろを振り返るとずっと向こうまで漆をべたりと塗りたくったような闇が広がっていて、視界はすぐ手前でシャットアウトされ一切の気配が感じられない。一人ぼっちになったような気がしてはっと向きを直すと、舞踏場は前にも増して光り輝いて見える。近づくにつれ、場内で繰り広げられる音楽や笑い声が、それがまるでしかるべき姿のように茫漠《ぼうばく》とした形となって耳を捉える。ワイドに広がった眼前の建物は今や光そのものとしていて、思わず飲みこんだ息がすうっと下っていくのがよく分かる。突然のはげしいクラクションとともに我に返ると、すぐ横を黒塗りの旧型のタクシーが追い越していく。そんな夢だ。

そしてそんな安普請《やすぶしん》の想像を破ったのは、実際に来客用の駐車場へと向かう一台の車だった。僕は通りの端に寄り、息を整えながらクラクションの短い一音を反芻《はんすう》しつつ、遠ざかるテールランプをぼんやりと眺めた。

青白い闇の上に、ふうと息を吹きかけたような夜の闇が降り、外灯の連なりがお互いに向かって親密なあいさつを送っていた。手前に配置されたいくつかの花壇の茂みから照明の柔らかい灯りがほんのわずか上空を明るみにし、何よりも講堂の内部から溢れ出た強烈な喜びのような光が捉えがたいくらいに他のあらゆるものを圧倒していた。目の前を流れる幹線道路も学生街のためにほとんどその役目を終えており、店々の灯りは裏道に通じ、辺りを漂う静寂の澱《よど》みが吸いこまれるようにうねりとなって一直線に講堂に向かって放射されていた。

誰かの夢みたいだ、と僕は構内に伸びる車道の隅で再びそんな風に考えていた。不定期に催される定期演奏会だか定期発表会だかのかりそめの光は、昼間に見せるみじめな横顔とは違って、講堂の表情の妙をあますところなく際立たせていた。エントランスの向こうで幾人かの影が上品なダンスをするように上下左右に動き、時折上機嫌なステップが二階ホールに渡された階段の踊り場でおじぎをしたり、空中で体をひねったりするのが暗がりに紛れた通りまで伝わった。僕はその場で区切りをまさぐりながら、体は初秋の夜の思いがけない冷気できゅっと縮こまっていた。

場内へと続く歩がなかなか運べなかった。光と闇の曖昧《あいまい》な対比を目でなぞり、何度も往復し、闇の像を確認しているようなとりとめのない心持ちになったのでぷいとやめ、わずか十数歩先の輝きの根源にもう一度目をやった。円天井が溶け出したアイスクリームのようにだらしなく押し広がり、頂きから洩《も》れる灯りのためにかすかな揺れが影を作り、それがまるで細かな波のように見えた。視線をぐっと落とすと、光線を背に浴びた胸像が車寄せで待機する古株の給仕として客人を迎え、今にも顔見知りを見つけ出してその空白の手をそっと上げそうだった。眼球はいつまでも光と闇とを漂い、シャッターを切るようにまばたきが間を置いて視界を閉ざした。

単に僕には光の温かさが体に浸み渡ることに抵抗があっただけだった。それにもかかわらず時間を潰すためにジャケットのポケットに手をつっこんで窮屈になったり、駅に引き返す退屈な一本道をやり過ごすのは適当でなかった。かといってにぎやかな楽器演奏や不案内な外国語劇（ロシア語で演じられる野口英世の一生にどのような面白味を見出していいのかそのときの僕には見当もつけなかった）の只中で、憮然とした顔を浮かべる人間がどれほど不細工なものであるかも容易に分かる。結局何を考えるにしても決着がつかなかった。何について思いを巡らせていたのかも怪しくなった。Aのバケツに水がいっぱい溜まったので同じ容量のBのバケツに移し、それもいっぱいになったのでAのバケツに戻し、それもいっぱいになったのでもう一度Bのバケツに注ぐ。そんな風な考え方だった。

気象予報士の控え目な忠告どおり風の中に小さな雨が混じり出し、僕は講堂のひさしにありったけの微笑を送りながらその下をくぐった。受付で学生証を提示し、チケットとプログラムを手渡され、それを片手にロビーのソファーに腰を下ろした。おそらく出番を控えたか終えたかの学生の家族や友人たちであろういくつかのグループが同じようにテーブルを囲んで腰を落ち着け、ある人はプログラムを精読し、ある人は柱時計を見上げていた。一続きになっている窓ガラスの表面を風にぐっと押された水滴が一つ、また一つと遠慮がちに打ち、しばらくたわむれると合図をしたように一つの勢力となって濃い直線を描きながら下っていった。その向こうで裸の通りは濡れ、光を飲みこみ、発散し、壁のない袋小路のように静かに夜風を受け止めていた。雨はいよいよ勢いを増していった。いつしか窓外の景色は明確さを欠き、ある種の色彩だけを取り出して、その他のもろもろは再び闇の中に埋もれていった。

分厚い壁や天井を抜けて、ステージ上でクライマックスを迎えている歌声がくぐもった残響をかすかに伝えていた。プログラムによると男声四部合唱とあるものの、女子生徒が七、八割を占める学校で、サッカーチームをつくるのにも苦労している男子生徒がどのようないきさつで四部合唱という壮大な編成を企て今日に至ったのか奇妙というよりはむしろ不気味だった。どういった程度にせよ、もし何かしらの顔見知りがへその前で指を組んでいるようなことを想像すると、僕はソファーの奥にしっかりと腰を打ちつけてもうしばらくの辛抱をしなければならなかった。まばらな拍手の後、会場の空気と人を入れ換えるためにドアが開け放たれると、場内のざわめきが一気に吐き出された。ロビーでは即席の式典が行われ、花束が贈呈され、楽屋に残ったままの人間をからかい、窓に鼻をくっつけて雨足を検討しながら軽く舌打ちをしていた（実際にそれほどの男子生徒の集まりを見たのはそれが初めてだった。まるで徴兵された若者が身体検査の列を成しているような見応えがあった）。

仕方なしに屋内で始まった記念撮影を横目に、次の三十分間もそこで時間をやり過ごすわけにはいかず、僕は人垣の間を縫うように進み、開かれた門に手を掛け、あまり十分とは言えない注意を払って客席を眺めやった。眼下のステージは次の公演の準備がおおかた整い、あとは開演時間を待つだけの恰好だった。何脚かのパイプいすが横一列に並べられ（正確に数え上げる前に、僕の視線はすでに全体を捉えようと積極的に移ろっていた)、それぞれの脇には楽譜台が、新進のパイプいすに仕える老練な従僕のように備えつけられ、それらの一組一組が威厳を保たんばかりに黒光りを放っていた。もう一度客席に目をやったときに、場内アナウンスが散漫な会場に豆粒ほどの一石を投じ、笑い声はひそひそ話になり、やがて着地点を見つけたようにほどほどの静けさを持ち寄った。僕はその中を、最初から目をつけていた座席に向かいながらゆっくりと歩を進めた。見晴らしがよくて目立たないところと目していたその座席に腰を下ろすと、果たしてその判断が正しかったのかしばらくの迷いがあったものの、周りには並々ならぬ情熱を舞台に注ぐ人の姿はなく(客の入りは主催者と公演団体をがっかりさせることはないにせよ、公演終了後に成功の祝杯を誘うほどのものではなかった)、僕は一応の落ち着きを感じていた。

フォークソング同好会による三十分間の演奏の間、会場は手拍子をして彼らを盛りたて、必要でないと思われる曲では手を休め、何組かに割り振られた健康的で礼儀正しい、時折子どもっぽい出演者たちを見守った。「ロックンロールへと至る道」という興味深い構成で進行され、その多くは北半球の、おそらくは英国連邦の伝統音楽から始まり、次第にアメリカ大陸へと目指し、テンガロンハットを被り、それぞれが巧みな指さばきを披露していた。テーマを限定すればもっとずっと聴衆に受け入れられやすい形になっていただろうけれど、時間の都合や人員の関係もあるだろうし、もしくはそんなことを気に留める観客がいるはずもなく、僕にしてもロビーのソファーでプログラムの端から端まで読み通すことに比べれば、幾分寛《くつろ》いだ姿勢で彼らの演奏に耳を傾けていた（フィナーレは出演者全員がステージに上がり、肩をぶつけ合いながらマイクを渡し渡し、ニール・ヤングの「オハイオ」を斉唱した）。

あらかじめ一人あたり一〇回までと割り当てられていたような拍手が客席のそこここでしばらく続き、ステージ上では係りの人間の手によってパイプいすと楽譜台がつまみ出され、スポットライトの類もいったん落とされると、気前がよいもぐら叩きのもぐらのように新旧の思索を発表する協議が始まった（あるグループでは公演の批評のそばから、座長が心配顔で今後の身の振り方を占っていた）。話し合いが合意に達したり、決裂したり、先送られたりする中、暗がりの舞台のそでにいくつかの人影がうごめき、僕は自分の観察眼を試したい一心で少ない手掛かりを残していったその展開を静かに追った。不意に暗幕の茂みから一人の女性が頭だけをひょいと出して、太平洋の真ん中でさてどうしたものかと気を揉んでいる潜望鏡のような目を客席の顔という顔に振りまいた。右下から左下へ、左上から右上へという往復の最後の行程で彼女はようやく対象物を捉え、ばつが悪いのと歓迎するといった表情をぎこちなくブレンドして、結局ははにかんだ微笑を送った。彼女に見出された充足に、その幸福に包まれた男は肘掛けに腕をのせたままそっと手を上げて応え、気取られない程度に口許を緩めた。彼女が一層のしかめっ面を浮かべて現れたときと同じように予告もなしにさっと頭を退けると、僕は宙ぶらりんになった手を折りたたむようにひっこめた。彼女が顔を出していた辺りにはまだほんの少し陽気さが貼りついていて、それが乱暴に剥がされないように僕はしばらくの間見張り番を買って出た。ふと外の雨のことを考えた。やけに遠ざかり、限られた地表に集約されたような雨を僕は想像した。屋根を打つ雨粒はしかるべき雨どいを通過して小さな流れとなり、やがて一緒くたになってそれを雨と呼ぶにはいささか具合の悪い数値の流れへと消えていく。僕はシートに頭をもたせかけて天井を見上げた。何かの出し物で使ったのであろう黄色い風船が一つ、一番高いところで押しつ押されつ浮遊していた。

客の入れ換えと舞台装置のごくシンプルなセッティングが終了し（背景となる一室を模した張りぼてと雰囲気に合わせた調度品の類を並べた簡素な設定は、一組の男女の三往復で片づいた）、僕はプログラムを片手に公演の予習と復習を済ませておこうと思った。話のおおまかな筋は、彼女の努力が実らなかったというわけではないにせよ、まるで憶《おも》い出せなかった。ドイツ語による中世謝肉祭劇の再現と題された二幕の喜劇、どちらか言えと敢えて詰問されたならば、ほんのこれっぽっちも興味はなかった。ほとんど部室の前を通りかかった程度で美術の任を負うことになった彼女は、それでもその役目を楽しんでいた。衣裳に使う大げさで安っぽいネックレス（実物を見てなぜか一層癇《かん》に触った）を探して街中の雑貨屋からアンティークショップを、彼女の思惑から少しばかり外れて無目的に走り回り、やきもち焼きの寺男の女房とやらのためにヴェールの生地を求め、人好きのする小間使いが教会の司祭だか誰かに手渡す祭具の数珠玉をかき集め、その一つ一つを彼女は、僕の軽口を待ち針にして、不慣れながらも丁寧に仕上げていった。彼女の打ちこみは個人的なものだった。それ故に僕の対応はフォーカスがずらされ、ときには下らないことを口に出さないわけにはいかなかった。開演に遅れることなく席に着いたのも、少しでも自分の態度を率直に示し、彼女（できることなら彼女にとっては少しばかり積極的なグループの面々と）にそのことをはっきりと理解してもらいたかったからだった。

シートに頭を沈めたままの恰好で、僕は、公演終了後に総合の監修をした教授の三番目の奥さんなる人が催す小さなパーティーで出されるであろうじゃがいも料理や何やかやを例のビールで流しこむ想像に、蛇口を軽くひねったような勢いの唾を飲みこみながら、そっと目を閉じて、アパートのドアを開け、灯りをともし、彼女の帰りを待つ気の遠くなるような時間を頭に思い浮かべていた。

場内の照明が一斉に消され、ステージの真ん中に一人分のスポットライトが当てられた。商人風（中世ヨーロッパの職業別服制がどういったものであるかは、ボリヴィアの妊婦服と同じくらいに学生の間では広く知られている）の衣裳をまとった男が現れると、客席のざわめきは否応なしに影をひそめ、やがて両手を大きく広げた渦中の人物の招きによって暗中の静寂へと急いで締めくくられていった。前口上が述べられている間、そのドイツ語の響きと口上役の男の声、ろうそくをともした部屋の隅っこにいるような程好い闇の中で、僕の極めて愛国的な二枚のまぶたはゆっくりと溶暗の水面へと歩み始めていた。

＊＊＊

僕の受かった大学と、兄の転勤先が比較的近かったので、その東西に一直線に結ばれた線上の真ん中辺りに二人で住める手頃な物件を探すことになった。家賃の半分を兄が出し、もう半分は親が出資してくれるという取り決めが粛々と結ばれたので、我々は冗談半分に割りに大きめのマンションを借りることができた。そこから学校へは電車でもバスでも乗り継ぎなしで行くことができたし（街一番の大通りだったので一日の大半は車の長い長い列が途絶えることはなかったけれど）、それに運動家の情熱を急に憶い出したような日には自転車にまたがって少し遠出のサイクリング気分で通える距離でもあった。兄の方も小さな峠を越え、小さな街をやり過ごすだけで、観光産業の再開発と情報産業の誘致とが活発になり始めた、中堅であり中継都市の新しいシンボルと謳われた高層ビルに収まったオフィスに、労せず通勤することができた。確か車で三十分とかからなかったはずだと思う。

最初の頃は、心配したとおり、何やかやと気を使ったり、いろんな所作が気になったりしたけれど、もともとがべったりとした仲でもなく、かつ交流のない冷えきった関係でもなかったので、次第にそれぞれのペースを確立して、納得していくようになると、自然と打ち解けて、リラックスした時間が送れるようになった。親にしても、兄がいることで僕の生活が乱れることはないと信じきっていたし、反対に僕がいることで兄がだらしない性生活に明け暮れなくなる効用を期待していた（母に言わせると、それまでの兄の女性関係はどう控え目に言っても最悪は免れたもののそれに次ぐような状況だった）。

繁華街のすぐ横を流れる大きな河に沿った高層マンションが連なる一画に我々の割りに大きめのマンションはあったので、どういった見地から論じるにしても不自由などあるはずもなく、どれだけアルコールが体中を支配していようが、あるいは何やかやと店を出た直後に風速四〇メートルの暴風が見習いの空挺部隊とタッグを組んで襲いかかってこようとも、きちんと玄関の鍵を開けて、そのままベッドに倒れこむことができた。我々兄弟には、人並みに酒を飲む以上に、自分だけのために家事を片づけることに喜びや面白味を見出せる奇妙な類似が呪われた血筋のように幼い頃からあり、二人分の掃除や洗濯も苦にならなかったし、食事を作ったり、皿を洗ったりするのも気が向けばどちらかが手を出すといった風に大した問題にはならなかった。混み入った悩み事や膝を突き合わせての相談事をお互いで解消しようなどとは夢にも思わなかったし、生活時間も僕のルーズな学生生活と、兄のシンプルな新手の情報ビジネスサイクルとでは最も好ましい交差が繰り返されるにとどまり、同時にテーブルに着くのは週に数回で、顔を合わせれば二言三言あいさつ程度の言葉を交わすだけだった。

ぜいたくな間取りの共同生活において、それに見合ったぜいたくな個人主義をその気になればお互い楽しめたけれど、兄の表現が適当ならば、彼はもう学生時代のように何かをしようと焦るそばからその身が固まってしまうようなことはなく、そういった生活が考え方に反映されるようになって、そういった考え方が生活にダイレクトに具体的な形を取るようになっていた。味気がないとは言えなくもないものの、シンプルになりつつある彼の指向を僕も尊重していたし、できるものならそのやり方の美点だけを取り出してそっくり真似てやろうとも思っていた。ただ一つ、我々は不文律の文書に調印を交わすという風な約束事を設けた。それは女性を部屋に上げないという掟《おきて》だった。トラブルはなるべく避けるための関係機関に配慮した立法だったけれど、お互いのだらしない声を耳にしたくないというのも理由の一つだった。僕は軽い気持ちで合意し、兄はこれだけは守ろうと言った（言い出しっぺの兄がそのような禁欲的で過激な約束を守るはずがないと思っていたけれど、僕が知っている限り、彼は一度も違反しなかった。その点においてはなるほど母の期待に我々は応えることができた）。

外国語大学に入ったのもかねてからの希望どおりだった。中学、高校と周りの人間も僕がそっちの方面に進むものだと思っていたし、僕の方も割りに早い段階でその進路を意識していた。決定的な出来事がいくつかあったし、一応の理由もあった。推薦入試であっさりと合格通知を受け取ると、高校生活の残りは車の免許を取ったり、映画館に通ったりして比較的のんびりとしたものになった。ほぼ半年に亘りそんな風な生活を送っていると、一人で過ごす時間のおおまかな分配が上達したし、好むと好まざるとにかかわらず洗練されていった。その予行演習のおかげで大学に入学してしばらくの間はそれなりに一人でいる時間を楽しめたし、ゆっくりと周りの環境を見て回ることもできた。

最初の一ヶ月、その過密な日程に折り合いをつけるように、ほとんどの人間がほとんどの人間に、まるで読んでいる本を脇からわざわざ取り上げて、意味ありげに背文字を二、三度読み返すように、声を掛けまくっていた。新入生の大きなグループが時期を見て解体され、より個別な仲間が形成されていく中で、僕は同じ学科の友人の手引きによって、グループからグループへと、あるときは腰を落ち着けて、あるときは席を立ってという風に顔見せ程度に紹介し合ううちに、自然と親しくなった何人かの友人ができた。我々はレコード屋に足繁く通い、最新情報を交換し合い（ローラ・ニーロのヴァーヴ盤とイアン・デューリーの壁紙ジャケットをトレードしたり、どこそこのレコード屋でマーヴィン・ゲイのサントラ盤が相場よりやや低めで売られていると教えてやったり、とにかく暗号のような動詞活用表を眺めるより、レコード箱をつつく時間の方が間違いなく長かった）、夜な夜な集合しては製作者を呪いたくなるような映画を観に行ったりしたものだった。もしかするとちょっとばかり時代遅れだったかもしれないけれど、それでも新しいイディオムで展開していたクラブジャズや洗練の道をひた走るヒップホップにも我々は嬉々として耳を傾けたし、話題の新刊にもさらりとだけ目を通したりしていた。それは典型的な学生生活だった。世界中の大学一年生が同じようにリラックスしていると感じ、世界は割りにハッピーに動いているとさえぼんやりとした、抜け目ない頭で思っていた。世界が、実際は、いびつな過程にあり、もっとずっと局地的な、泥沼で底抜けに明るい、偶然の一糸をまた別の一糸に効果的に組み合わせたに過ぎない、言わば作りかけの織物だと分かったのはそれから気の遠くなるような時間が経った頃だった。

＊＊＊

浅尾亜矢子という彼女の名前を聞き出すのには割りに苦労した。少なくはない人間が抱いているであろう自分の名前に対する嫌悪を彼女もしっかり一人分保有していて、その拡散防止策を何年にも亘って講じてきたことは彼女のしぐさで容易に分かった。「浅尾アサコよりは若干まともな名前ね」、と彼女は付け加えた。彼女は僕より二つ年上で、僕が入学した前の年によその学校から編入してきたので、すでにごく限られた環境である種のポジションを維持していた。たいていはジーンズか少し大振りのチノパンをはいて、上はプリントの控え目なTシャツとかボタンダウンのシャツやポロシャツを好んで着ていた。肩くらいまで伸びた髪を日によって束ねたり、そのままにしたりして、前髪が無雑作にかけられた耳が気持ちよく成長した小指みたいにぴょんと外に飛び出していた。一見したところでは飾り気のない穏やかな女性に映るだろうけれど、あちこち混み入った道にそれたり、上がり下りをいくつか経ながらもじんわりと伝わってくる衝撃を僕は強く感じていた。誰かが一番最初に彼女は美しいと言えばそれはすぐさま広がっていくような美しさだった。そしてそれを口にした最初の賢明なる人間は僕だと思っていた。

知り合って間もない頃、僕たちは微妙な関係だった。彼女には決まった相手がいて、それでいて僕の好意をはねのけはしなかった。

「あなたの喋り方って変わってるね、知ってた？　大人びているというか、単なる話し下手というか。結構変わってるみたいよ」と彼女は楽しそうに言った。

「そう？　気にかけたことなかったな。生意気だからって殴られたことはないし、退屈なことを言って賞をもらったこともない。兄の影響が少しあるかもだね。この男は大人びた話し下手なる珍しいやり方を発明したんだよ。それを何とか商売に――」

彼女の笑い声が僕の言葉を遮った。「そういうところよ。そういうところが変わってるって言ってるの」

「ねえ、浅尾さん、そっちこそちょっとばかり変わってるよ。女の子が男の話を聞くときは爪をいじったり、髪の毛を触ったりするもんだよ」

彼女はいつも僕の目をまっすぐに捉えて、そこから何十メートルも先にぷいと飛び移ったりはしなかった。僕は彼女のそんな視線や言葉に励まされ、ますます強く惹かれていった。彼女にはある癖のようなものがあって、時々、特にぼんやりとしたときなどに、目がやぶにらみになった。あるいは単にコンタクトレンズの具合が思わしくないからか、瞳が乾燥しがちなだけかもしれないけれど、僕はそのたびにはっとして、同時にその可愛らしさにがく然としていた。

ある日、僕は昼休みのほとんど全部を費やしてようやく食堂にいた彼女を見つけ出した。彼女は窓際のテーブル席を一人で陣取っていて、ランチのプレートやグラスを脇にどけ、そこら辺にあった雑誌を片っぱしから読んでいた。僕の到来に気づくと、目の前の何やかやを少し押しのけ、向かい合ったいすに着席を促した。僕は紙コップを手前に置き、やっとのことで一息ついた。彼女は中立地帯とでも言うべき二人の間の何もないテーブルの真ん中あたりを見つめていた。

食堂の中では昼食を取り損ねた学生がのんびりと午後の休憩を寛ぎ、にぎやかに話し合っていた。窓にはブラインドが下りていて、そのすき間から身を乗り出した陽光がテーブルのあちこちで気持ちよさそうに腰を落ち着けていた。カチャカチャとグラスやカップがソーサーやスプーンに触れる音が間を置いて飛び交い、こんもりとした空気が高い天井の辺りを移ろおうともせず漂っていた。彼女は深いグラスの中を一、二度ストローでかき混ぜ、ふとその手を止めた。

「これ誰の唄?」

まるでちょっと風向きが気になったシニアゴルファーのような柔らかい指をやや斜め後ろの虚空に向かって突き立てながら、彼女はそう言って僕の顔を見上げた。と思うと落ち着きなく視線を戻し、グラスの中をじいっと見つめた。僕がどこかに紛れこんだスピーカーに耳を向けるのを視界の端で確認すると、彼女は人差し指でストローの口にふたをして、それをひょいと持ち上げた。アイスティーがお尻の方で一口分ほど吸い上げられ、指を離すと小さな音を立ててグラスの中へと帰っていった。僕は彼女が何の気もなしにその動作を繰り返す指先をぼんやりと眺めていた。

「ここに来てもう四〇回は聴いてるみたい」

彼女はそう言って雑誌をたぐり寄せると、ページをぱらぱらと繰り、余白を見つけるたびにボールペンで意味のない図形を落書きしていた。僕は紙コップのコーヒーに口をつけながら、彼女のペンを動かす右手を何となく見つめていた。

大学の放送部というものは、その日の気分次第で、話し声を飲みこむほどヴォリュームを上げたり、逆に昆虫が森の木陰で談合しているような余計に気になってしまう小さな音で放送するので（砦《とりで》の見張り小屋のような狭い部屋で、明らかに定員を超えた人間がヴォリュームのつまみを押し合いへし合い自分のものにしようと躍起になっている光景を僕はよく想像した）、いつしか特別なやり方を駆使することなく、彼らの声は僕の耳に届かなくなっていた。その日は割りに標準の音量で地元ＦＭ局の放送を流していた。

ラジオではローリング・ストーンズの新曲が繰り返し宣伝されていた。その曲は彼らにとって伝統的なダンスフロアーを意識したつくりではあったけれど、ラップをサンプリングした中間部を抜けてからのドラマチックな展開と、薄い膜を切り裂いたようなポップなメロディーが印象的だった。最近の代表作になるのが雰囲気だけで感じ取れる曲だった。

「ローリング・ストーンズ。あの連中だよ」

僕がその一曲を最後まで聴いてから口を開くと、彼女はゆっくりと顔を上げ、納得したように二、三度首を縦に振った。

ラジオのパーソナリティーが九月から始まるワールドツアーと、三年振りに発表されるオリジナルアルバムの告知をしていた。同じようにオアシスの新曲も数曲流され、暗い話題が多かったヒップホップミュージックも抜群の曲がチェックされていた。僕は少しの間飽きることなくそんな音楽に耳を傾けていた。

「どうやら恋に失望した唄らしいな」

メロディーを口ずさみながら僕がそう言うと、彼女はボールペンを指でまさぐりながら明るいトーンで言葉をつないだ。

「なんて唄ってるの？」

ミック・ジャガーの言葉に耳を傾ける人間は案外少ない。その質問は何となく僕を嬉しくさせた。「新曲だよ、これ」。僕はまず言い訳をした。それでなくてもミックの言葉は聞き取りにくい。他の誰よりも。

「あなたがここに来て少なくとも二〇回は聴いたわ」呆れたように彼女はそう言った。

「好きな人がある日ぱっと消えてしまったんだよ。誰かあの娘を見かけなかった？　何やかんやを知らないかな？　真っ昼間の三時にそれに気づいたってわけさ。大体のところはそんな感じだよ。大したことを言ってるわけじゃない。彼女がどこかに去ってしまって、午後の三時にどうしたらいいのか全く思いつけなくなる。あの娘は単なる僕の想像物だったのかもしれないってね。なかなか悪くない唄だろう？」

しばらく二人とも無言のままラジオに聴き入っていた。盛り上がりを見せているストーンズの再始動を祝うかのように彼らの古い曲がかかった。僕と彼女がずっと幼かったずっと昔の曲だった。その時点で彼らは二十年選手に手を掛けようとしていた。新曲にはなかったキース・リチャーズのギターが完璧に鳴り響いた。俺のエンジンに点火しろ。ミックが大胆に唄う。火を点けてくれたらもう止まりはしない。

「昼間の三時に泣いてた男だよ、これ」

僕は軽く弾くように指を天井に向けて立てた。彼女は疑わしそうに眉をひそめた。

「ローリング・ストーンズ。僕らがまだ日本語に詳しくなかった頃の曲だよ」

曲がフェードアウトすると、手の平を返したような生真面目なニュースが流れた。

「それでさっきの唄は何て言ってたの?」

「いろいろな見方があるけれど、僕が判断する限りではあの二人はまだ付き合っていないな。男の方が口説いてる最中だよ。あんまり上品とは言えないけど」

「うまく行きそう?」

「そりゃあミック・ジャガーだもの。どんな女の子だってイチコロだよ」

DJとして街の顔役だった馴染みのレコードショップのマスターの紹介で、ラテン音楽を扱う小さなレコードショップに通うようになった。その店が移転する際、高校のときにある災害でぐちゃぐちゃになった叔父の数千枚に及ぶコレクションを一人で片づけた経験があったので、どさくさに紛れてその手馴れた作業をアピールし、その店でアルバイトの職を得ることができた。

どう善意に解釈しても、気が向いた日にお尻が悲鳴を上げるまでという上機嫌な商売を展開していた店主に代わって、きちんとしたタイムスケジュールをこなし、レコードには一枚一枚説明書きを施したので、バイト代は卒倒しそうなくらいに少なかったけれど、店主や常連の客に気に入られ、僕もすごく満足していた。素人同然だった僕は学業そっちのけで、ラテン音楽の、ショップスタッフたるべき、勉強を怠らなかった。地域の音楽的成り立ちはもちろん、その多くが政情不安定か、大国からの支配を受けた背景があるので、どうしてもそれらをおろそかにすることはできなかった。そのような視座に立つと、ロックミュージックにしろ、アメリカ黒人音楽にしろ、それまでより深く聴き進むことができたし、僕の性格上そういった聴き方が体にしっくりとフィットした。

その立派なステータスを手に入れた僕の大げさな宣伝に従って、彼女は時々店に顔を出しては僕の話し相手になってくれた。僕は話題になっていたレコードをかけたり、より複雑なディスプレイの検討をしたりしながら、彼女をすっぽりと包みこんでしまうくらいその姿を見つめた。彼女がＣＤ棚の前に立って、後ろ手を組んだとき、僕は一人ですき間のない充足を感じていた。驚嘆しながら、その姿勢が本当に美しいと思った。読み慣れない表記を噛んで含めるように読み上げ、その後にその音を可笑しそうに笑うと、僕も一緒になってよく笑った。

彼女が住んでいたアパートは、学校から少し離れた高台のちょうど真ん中にあって、学校に行くにはバスにしろ電車にしろ乗り継ぎが必要だったし、自転車は持っていなかったので、よくそのことで不満を言っていた。けれども彼女はなぜか丘に執着していて、街の唯一の高台から離れようとはしなかったし、文句を言いながらも気の遠くなるような坂道を毎日のように下っては上っていた。

僕が初めて彼女の部屋に上がった夜、駅の改札口で彼女は僕に部屋の鍵を預けると、寄るところがあるからとアパートとは反対の方向に歩き出した。僕は懸命になって住所が記されたメモを片手に高台の細い坂道を歩き回った。意地の悪い小人によって整備された迷路のような通りを電柱の標示を頼りに、数字が近い区域でも一歩踏みこめば目標の場所からどんどん遠ざかってしまう路地を行ったり来たりしながら、幾分異邦人のような気分で、ようやくそのアパートに辿り着けた。その道すがら、僕はずっと彼女のことを考えていた。歩き方、メモにつづられた筆跡を何度も指でなぞり、腕を高く上げて背筋を伸ばしたときの顔の歪み、ふうと一息ついた肩、何かを指摘されたときの見開いた大きな目、それらの一つ一つを急き立てられるように思い返した。

ほんのわずかな間、僕は玄関の鍵穴を見つめていた。そしてドアに背を向け、そこから見える光景を眺めてみた。おそらく彼女と同じような不平をこぼしながら上ってきた坂道を目でなぞり、そのしぼんだ先の崖になった向こう、ガードレールを飛び越えて一気に空の高いところまで走り抜けた。

部屋に入っても落ち着くまでしばらく時間がかかった。どう振る舞うべきか迷った末に、テーブルの上に教科書を広げてある講義の課題を済ませておくことにした。モータウンのバカラック曲集を聴きながら、ミネラルウォーターを一本空にした頃、彼女がようやく帰ってきた。

「すぐ分かった?」と彼女は呼吸を整えながら僕に尋ねた。

「人並みに迷って、人並みにうんざりしたよ。マラソンにはうってつけの道だ」

彼女は僕の言葉を聞いてにこっと口許をほころばし、部屋の中をひととおり点検するように眺めやった。侵入者が押し入っていないことを確認すると、スーパーの買い物袋を床にどさりと置き、冷蔵庫の前に体を休めるように腰を下ろした。彼女が冷蔵庫を相手に抜本的な改革を企てている間、僕はベッドの縁に首をもたせかけ、彼女の後ろ姿を見つめながら、ばらばらになりそうな頭でテーブルの上のノートや何やかやを片づけた。

簡単な夕食を済ませた後、僕たちはそれぞれが確保した定位置で寛ぎながら、長い間お互いの考え事に没頭していた。彼女は急に憶い出したようにキッチンに向かい、二杯目のコーヒーを淹れると、それを大事そうにテーブルにゆっくりと置いた。時間がどんどん何も告げず過ぎていくのに気づきながらも、僕はもっと手つかずのままにしておきたいと強く思っていた。

「少しの間眠ってもいいかな？　ほんのちょっとでいいんだ。いや、このままでいいよ、すぐ目を覚ますと思うから。なんだか今日は景気のいい日だったからさ、マラソンもしたし」

僕はそう言って目を閉じた。彼女は立ち上がって二つのコーヒーカップを両手に一つずつ持つと、なるべく音を立てないようにキッチンに行った。しばらくして目を覚ますと、シャワーの音が聞こえた。時計を見るとまだ十分と経っていなかった。かすかにシャンプーの匂いが鼻をかすめていた。僕は彼女が座っていた木のいすを眺めた。そこには彼女の雰囲気がほとんど全部そのままにしてあるような気がした。

短い眠りから目覚め、再び眠ってしまった経緯について考えていた。ベッドの縁に頭をのせたまま、僕は首を左右に動かして彼女の姿を探した。開け放たれた窓から心地よい風が部屋を通り抜けていった。彼女は僕のすぐ後ろ、壁を背にしてベッドの向こう側にちょこんと座っていた。僕は体を滑らすようにベッドに上がり、彼女の両足の間に、まるで肘掛けいすのように小さな山になった膝に腕をのせて、そっと背中からもたれかかった。「重くない?」、僕がそう尋ねると、体を伝って彼女が首を横に振るのが分かった。彼女の体に触れたのはそれが最初だった。彼女も同じものを見ているんだとまるっきり否定もせず、僕は彼女の目になって部屋の中を見渡した。彼女は僕の胸の前でそっと腕を組むと、少し力を込めて肩を抱いた。僕は彼女の指を一本、また一本と撫で、そのたびに指の腹を軽くつまんだ。

シャワーを浴びている間、自分が裸であることがすごく不思議だった。彼女の温もりは強い像として背中に貼りついていた。ずいぶんチャイルディッシュだな、と僕は小さく噴き出した。それでいてどのように表現しても、小っちゃなリスすら全面的に呆れ返りそうな感覚を指の間からすり抜けていくくらい捉えていた。それはまるで涸れた採石場に流れる小川で果物を洗っているような感じだった。僕はスポンジをゆっくり泡立ててから、夢中で足を洗った。

二人でベッドに入り、体が触れないように背中を向き合わせて眠りに就いた。灯りを消すと、彼女の呼吸が耳許で囁かれる言葉のように耳に届いた。僕は目をきつく閉じ、体を折り曲げて眠ったふりをした。次に気がついたとき、僕は長い間天井に視線をやり、そしてそっと彼女の首の下に腕を滑りこませた。前触れもなしに不意に彼女は僕の胸に顔をうずめた。そうして何も言わず、少しも動くことのないまま、ずっと顔を下に向けて緩やかに眠りの奥へと分け入っていった。僕は彼女の頭を一直線に見つめ、毛先から洩れる爽やかな香りを吸いこんだ。同時に彼女の汗の匂いが、体をくっつけ合ったすき間から立ち上ってきた。ぼくは溢れ出る感動で自分の体が溶け出すんじゃないだろうかと思った。そのまま彼女の体に浸みこんでいって、鍵を掛け、スイッチを一つ残らずオフにして、寝ずの番でその深い眠りを守りたいと思った。朝、まぶたを押し上げるように目を覚ますと、僕たちは抱き合ったままの姿勢で短い夜を過ごしていた。

彼女がそばにいない夜は、僕は毎晩のように初めて一緒に朝を迎えたときのことを憶い出した。それは端っこから端っこまで両手で抱きかかえ得るくらいに鮮明な光景だった。けれどもそのときの時間とか空間とかをより手許にたぐり寄せようとすると、いつもいつしか非現実的な色彩で覆われていった。

「本当だから」と彼女は言った。

その日、僕は兄のアコードを借りて、助手席に彼女を乗せ、街の中を文字どおり駆けずり回っていた。彼女のクラスメートが主宰するサークルの発表会に使う小道具を、滅法ひまな彼女が厚意で受け持ち、比較的ひまな僕がその付き添いの大役を仰せつかったというわけだった。表紙に大層な文句が刷られた冊子に彼女は何度も目を通し、目についた(彼女のリサーチではどうしても目的地に辿り着けそうになかった)道具屋や雑貨屋でそれと照らし合わせながら、時間をかけて手に取った何やかやを検討していた。僕は彼女の友人に古い呪文のようなもので軽い災いを与えたいと心の中でめらめらと考えていたけれど、彼女がいかにも女性的なフットワークで楽しそうにしているのを黙って見ているうちに、その友人と二人きりでお茶でもしようという程度まで落ち着いていった。山深い廃屋まがいの喫茶店で、向かい合って無言のままにがい薬のようなお茶をずずずと音を立てて飲むという風に。

ドライヴスルーを利用したいという彼女の希望に応えて、トラック競技がやれそうな駐車場を備えたマクドナルドに入り、冗談を交わしながら注文の音声に従って僕たちはセットメニューを頼んだ。商品を受け取り、駐車場を横目に店を後にすると、近くの公園で遅いめの昼食を取った。

眠り薬を染みこませたような午後の陽射しを浴びながら、僕は彼女の肩に頭をのせて割りに長い話をしていた。

「なんだか二人分の時間を過ごしてるみたいだ。二人分の僕が浅尾さんの両側に座って同時にもたれかかって話してる。片方の僕はいつも同じ話をして、もう片方の僕はなるべく新鮮な話をしてるみたいなね。これは何を意味しているのだろうか。でも確かにそんな気がする」

最後の方は幾分独り言めいた文句になった。彼女の顔をちらりと見ると、いつもそうするように頬を穏やかに緩めて笑っていた。

「ある意味では二人分で間違ってないみたい、ある意味においてはね」と彼女は言った。

　僕は体を起こしてその意味を問うた。

「本当だから」

　彼女はそう言って、口を大きく開けた。僕は山脈でも眺めるみたいにその中を見ていたのかもしれない。彼女は噴き出して、開かれた二枚の唇の間をしきりに指で差し、何かを訴えていた。僕の方はそのしぐさと、明らかに日本語ではない言葉に声を上げて笑った。彼女は普段では決して目にかかれないような辛抱強さで、僕が居ずまいを正すのを待っていた。

　僕は体をぐいと近づけて再び口の中を見た。めくり上げられた舌の向こうに小さな突起物があった。僕がその小さな何かにやっと気がついたことを確認すると、彼女は舞台の幕を急いで降ろすようにぴしゃりと口を閉ざした。

「したのしたのした」

　唇を見つめる僕に向かって彼女はそう言った。その言葉は音としてのみ僕の耳に届いたので、それを察した彼女はもう一度その意味を僕に伝えようとした。

「舌の下の舌」と彼女は言って微笑んだ。

僕の懇願にも似た要求によって、彼女はしぶしぶ再度口を大きく開けた。舌の下に小さな突起物が確かに舌のように差し出されていた。

「痛い？」と言いながら、僕はその先端にそっと触れた。

彼女は首を横に振った。その小さな舌に触れることはすごく神秘的な感じだった。

「痛い」と僕は思わず悲鳴を上げた。

彼女はためらうことなく僕の指を噛んだ。

その後どれだけ頼んでも彼女は口の中を見せてくれなかった。反対に唇をきゅっと閉ざして、僕の問いかけにそっぽを向いた。僕はそのきつく結ばれた唇にキスをした。舌を入れると、彼女の舌とからみ合いながら、もう一枚の舌とも触れ合っていた。二人分のキスをするというのは本当に夢のようだった。僕は自分が一人分で彼女に応えていることを物足りなく感じた。

僕は彼女の体を抱き寄せ、彼女がおしまいという風に口許にそっと唇をつけるのを受け入れていた。

「ここがベッドだったらね」

「ベッドみたいなもんじゃない」と彼女はベンチの背をさすりながら答えた。

「天井と壁があった方が割りに落ち着くんだよ」

僕がそう言うと、彼女は僕の額に口づけした。

「あなたのノーマルなセックスが好きなの」

「ノーマルの良い点は」僕は彼女の目を見つめた。「家具屋がもうかる」

＊＊＊

それからまたたく間に、けれども一方ではいつも内ポケットにお気に入りの短篇集を忍びこませるような安らぎの中で、新しい季節になり、新しい年になった。長く寒い冬は、僕はゆっくりと彼女の体を温めた。彼女の小さな体が毛布の奥に滑りこむたびに、僕は腕を伸ばしてその伸び始めた髪を撫でた。

同じ時期、兄も少なくとも一人の女性に恋をしたらしく、我々はマンションを空ける日が多くなった。それでも、お互い合図をしたわけではなかったけれど、うまい具合に登板順序のようなものが出来上がり、部屋をまるまる空にするようなことは滅多になかった。顔を合わせると、我々は気まずそうな照れ笑いを浮かべ、それぞれの健闘をたたえるにとどまった。

兄は約束どおり誰一人として部屋に上げなかったし、僕も、どういうわけか彼女も我々兄弟の掟を破らしめる言葉を口にしなかったので、兄との信頼関係をふいにするようなことはなかった。

誰もがようやく春が訪れたことを理解した頃、一週間ほど冷たい風が街をうろつき回り、家々の窓を不吉な知らせを届けるように叩きながら、ひそひそと攻略の手順を話し合っていたある日、僕は彼女と別れなければならない事実を思い知った。事実というのは極めてシンプルなものだった。それはあまりにもシンプルすぎて、どこをどう取り出して、そのうちのどれを切り取るという以前に、僕には何も残されていなかった。単なるひとかけらもすくい取ることができなかった。彼女は僕の前から姿を消した。

彼女が完全に姿を消した少し前に、ずっと伝えようと思っていたことをふとその必要があると何気なく感じたので、僕は彼女に長い手紙を宛てていた。彼女が大学を辞め、アパートを引き払ったことを知った日、一緒に暮らそうと書いた僕の手紙は彼女の郵便受けになかった。何一つ残していくことなく、彼女は僕を捨てて、どこかに行ってしまった。

2

僕は三日間ふとんの中にいた。そして四日目の昼過ぎに起き上がった。

兄が解凍しておいたトマトソースをフライパンに全部あけ、その中でソースが方々に飛び散るのをじっと眺めていた。三〇〇グラムのパスタが五分とかからぬうちに胃の中に収まっていった。その日の夜遅く、三〇〇グラムのパスタをそっくりそのまま便器の中に吐いた。白い側面が赤茶色に染まっていた。

彼女の周りにいた人間は僕をまるで罪人のように遠くから見ていた。そういった類の噂もいくつか耳に届いた。けれども僕は否定しなかった。ただ黙っていた。彼女がそうするに至った理由を訊けなかったことが本当に拭い去れない大きな罪だと実感していたからだった。彼らの言うとおり、僕が彼女に対してひどい仕打ちをして、それによって彼女が深く傷つき、僕の存在するあらゆる世界から去っていったのだとするのなら、僕はまだ納得できた。しかし事実はそうではなかった。僕は何も知らなかったのだ。

僕と彼女は、お互いがお互いを必要としていると感じながらも、見つめ合って真剣な言葉で好きだと言えなかった。彼女が僕と出会う前に付き合っていたボーイフレンドとどういった決着をつけたのかも僕は尋ねなかった。問わず語らずでいたことが大罪だった。彼女が僕とでは分かり合えない何かを抱き続けていたことを想うと、僕はどうしようもなく悲しくなった。分かり合えない、分かち合えない、僕が決して触ったり、見つめたり、受け入れたり、苦しんだりすることができなかったその何かを、彼女が一人で抱えていたことを知ってしまい、僕にできることはその事実を理解することだけだった。

学校を辞めた人間の住所はふたをしたびんのように固く閉じられ、係りの女性も男性も、遺言を預かった管理人のように振る舞い、そこに記された事項どおりの対応を執行しているようだった。冷たくあしらわれながらも、僕は彼女の知り合いの一人一人を訪ね歩いた。ある人は僕を無視し、ある人は殴りかかる勢いで僕を罵《のの》り、ある人は涙ながらにあべこべに質問を浴びせてきた。本当に知らないんだ、と僕は力なく答えた。

三ヶ月間、僕は一人で彼女からの返事を待った。そして三ヶ月経って何も返ってこないことが分かると、静かに元の生活に戻っていった。

学校にきちんと通うことは、ジグソーパズルのピースを埋めるように空白の部分が一つずつ消化されていくような気がし、最後のワンピースが完全に失われたことを知っていながらも、僕はゆっくりとその作業を続けた。でき上がった絵柄は、ディズニーでもエッフェル塔でも、一枚の絵としてそれが何を描いているのかは一目瞭然だった。後は注意書きの看板でも立てればよかった。どうか近くから見ないで下さい、とかそんな風に。

ライ・クーダー経由のキューバ音楽の盛り上がりと、ヒップホップ、クラブミュージック世代の我々が解禁されたようにレアグルーヴ、ブレイクビーツとして根こそぎ発掘してやれという時期だったので、踊れるという合言葉をたずさえた全く新しい層の客が店によく顔を出すようになった。店主が仕切っていた領域に僕も割りこみ、彼が来日コンサートや国内流通のコーディネート、プロモートにかかりきりの折には、僕が率先して小規模なイヴェントを企画し、宣伝したりもした。最初の頃はもちろん思いどおりに運べなかったものの、周りの助言や助力に励まされたり野次られたりしていくうちに、時にはレギュラーイヴェントの方にも名を連ねることができた。

僕の関心は依然としてメインストリームの音楽に注がれていたけれど、ビートルズの何度目かの再評価も落ち着き、十年かけてのリズムとソングライティングの新しい復権を経て、それとともにテクノロジーも更新されていく中で、より体系的で、より個人的な方向へとシフトしていく様を僕は楽しんだし、レコード店という一方向から見つめることもできた。

けれども一人になると、否応なく、相変わらず、浅尾さんのことを考えた。初めて一緒に過ごした夜の光景が茫漠としながらも強い像として頭をふと通り過ぎていった。彼女の汗の匂いがほんの一瞬だけ鼻先をかすめたと思うと、すぐさまそれは完全に消えた。彼女がどこにいようとも、何を想っていようとも、僕は弾き飛ばされ、あてずっぽうに過ぎ去るミサイルのようにあてもなくどこかに突き刺さるしかなかった。一日は恐ろしく長く、一年はあっという間に流れていった。アルバイト先にそれまでの礼を言い、周りには何も言うことがなく、僕もある機会を捕まえてそこから消えた。

第2章　マテリアルズ・アナウンサー

1

定められた期間にしろそうでないにしろ、自分が属する環境から少しでも離れたい、それが切実な程度なら文字どおり消えてしまいたいと考える人間が割りに少なくはないことを知った。新聞広告で集まった六、七人の若者は、そこに出たり入ったりしながら、傷心のオランダ人をリーダーにして、ロンドンのサウスイーストに構えた比較的見晴らしがよい物件をハウスシェアリングする契約を交わした。交通の便がスムースな位置に、その必要最低限のリフォームを施した痕跡が認められる古い家はあったので、中心街へはビッグベンを横目にしながらバスで三十分とかからなかった（交通によって頭を悩まされた経験がないということは、ひっくるめて勘定した際、自叙伝の第四章をまるまる全部費やしても全体の収まりに支障を来たすことはないだろう）。

擬似家族を形成した若者には韓国人もいたし、ブラジル人、南アフリカ人、もちろんその中には日本人もいた。彼らの渡英理由は実に様々だったけれど、好奇心や学究心に富んだ連中や、見聞を補強したい旅行者、ただ外国で働かなくてはならない人間がいる中で、僕のポジションは彼らにとって理解に苦しむものだった。最初の頃、彼らは僕の言葉に合づちを打ち、折を見てどこかに連れ出そうとしたけれど、僕が本当に一人になりたいことを嫌でも分かると、首を大きく横に振り、何度も肩をすくめて、僕の前を通り過ぎていった。いい天気だね、と言葉を交わし、目についたＣＤや雑誌を貸し合ったりする程度の関係を彼らが用意してくれたことは、外国で生活するうちに我々が身につけた親切であり、僕はそのことに感謝していた。

時々顔を出す語学学校の日を除けば、たいていは公園のベンチに座って一日中本を読んで過ごした。ひまを持て余した老人と第二次世界大戦の話をしたり、ハイドパークではワールドカップサッカーの話を切り出されて僕は苦笑したりした。一生分のホットドッグをかじり、体が緑色に染まるくらい芝生に寝転がってぼんやりと異国の風の匂いを嗅ぐ日々を一人で眺めていた。

　柏さんと出会ったのは、語学学校のロビーでだった。

　ある申請の返答を待っていた僕は、人好きのする笑顔を浮かべた日本人がこちらに歩み寄ってくるのを目の端で確認すると、そうする理由があるとでもいうように立ち上がり、掲示板の方に歩を進めてその男から離れようとした。同じ広告を一〇回以上読み返し、もう一〇回の覚悟を決めて立ち尽くしていた僕の背後に人の気配を感じたので、我慢してやり過ごそうと思っていたところ、彼は僕の真横に並んで掲示板をぐるりと見渡した。

「ヴィザを気にしながら働くのは面倒だし、実際のところは金に困っていないしな」その男はそう日本語でつぶやいた。

　彼の独り言を無視し、僕は数歩下がった。ようやくアナウンスがあり、ありがとうと言って書類を受け取ると、僕は男に目もくれず構内を後にした。通りを少し歩いたところでその男は追いつき、肩に手をかけて、僕を制止させた。

「一人でやってるつもりならその邪魔をするつもりはない。でもいい予感がしたんだ。おれを信用してみないか？」と彼は言った。

急いでいるので失礼しますと僕は英語で答え、再び前を向いた。彼も仕方なしに一緒に歩き出すと、伸びた髭を手の平でこすり、刈りこんだ頭をごしごし撫でた。

「楽しいか？」と彼は僕の顔をのぞきこんでそう切り出した。一分ほど歩き続けると、彼はもう一度同じ質問を僕に投げかけた。

「退屈なら他の人間をあたれよ。せっかくのパーティー気分を台無しにさせたいのか？」

僕は堪えきれなくなり声を荒げた。彼は見開いた目で、驚いたというよりは獲物をヒットさせたという目で、僕を見た。真正面に立たれると、背景がすっぽり隠れた。僕は彼を睨みつけるように見上げ、やれやれといった風に歩き出した。彼は僕のすぐ後ろを歩きながら、延々と喋り続けた。ロンドンの街のこと、日本のデパートが撤退したこと、祖国で繰り広げられている政治スキャンダルや、ヨーロッパ各国で過激な政党が台頭していることや何やかやを、僕の後頭部に唱え続けていた。そしてとっておきとでもいう風に繰り出した話に思わず僕はその歩を止めてしまった。

「ズバリ的中だろう?」と彼は僕の前に回りこむと、口許をにやつかせてそう言った。

彼の案内でカフェに寄った我々は向かい合って座り、僕は彼の言葉を確かめた。

「チケットは二枚あるけど、孤独で心細い日々を過ごすしがない日本人であるおれには、残念ながらパートナーがいないんだよ」と彼は天性の役者であることを、大げさな手振りで僕に証明してみせた。

そのチケットというのは、政治的な問題から公演を延期させていたローリング・ストーンズの、母国での短いツアーの最終日が割りによい席から観覧できる代物であり、日本公演を見逃した僕は、彼の誘いに簡単に乗ってしまっていた。

彼は柏という気まぐれな旅行者だった。ヨーロッパ各地を歩き回り、つい先日南米旅行から戻ってきたばかりだと言った。

柏さん（僕は彼のことを柏さんと呼んでいた。年は五つも上だったし、背丈が僕の頭一つ分上にあったので、僕は彼のことを自然とそう呼ぶようになった）は、見事なプロディカル・サンで、家業の旅行代理店跡取りという名分をかさに世界中を遊び回り、これが仕事なんだよと申し訳なさそうに言っていた。

柏さんは僕の同居人たちとすぐに打ち解けた。彼らも柏さんを面白い男だと僕によく言ってきた。僕が友人を家に連れていき、しかも正式に紹介したことが、彼らには驚くべき珍事だったらしく、以前より我々の中は近しくなっていった。

僕は柏さんとうまが合うみたいだった（後日、日本でも同じ街に住んでいることが分かったけれど、なるほどとは思ったものの、それだけでは人間は結びつかない）。一人で過ごしていた頃よりも、それはつい数日前のことだったけれど、柏さんを介して視線の方向を変えてみると、いろんなことがうまく行きそうな気がしていた。

「実はストーンズより、コルトレーンの方が好きなんだ」と柏さんは打ち明けるように言った。

僕は彼の顔をまじまじと見た。旅をし続ける男がふとのぞかせるような目だった。あるいは日本でも同じような表情をよく目にしていたかもしれない。

「ドラムスの男がね、確かチャーリー・パーカーのアルバムを出してたよ、聴いたことないけどね」と僕は答えた。

「ぐっと好きになったよ」と柏さんは笑いながら言った。

「僕もストーンズよりかは割りに黒人音楽の方をよく聴くよ。でも彼らのはソウルミュージックだと思うし、いい唄もたくさんあるし、そうは思えないものもある」

「いい唄はどんなのがある？　ヒット曲くらい知ってても損はしないだろう」

僕は肩をすくめた。すると不意に浅尾さんと話し合ったときのことを憶い出して、僕は頭を振ってそれを忘れようとした。

「新しいアルバムも悪くなかったよ。柏さんのパパとママが出会った頃のもいい唄がたくさんある」

「そいつは大変だ」と彼はため息を一つ洩らした。

柏さんは自分の足で、彼が訪れる国々の通りという通りを物色していた。現地の言葉を学び、土地の料理を食べ、からかわれるままに酒をあおり、その街の女性を口説いていた。旅行代理店の経営者には不向きかもしれないけれど、彼の言葉には、それが英語にしろスペイン語にしろ、真実を伝えようとする説得力があり、それに砂糖やスパイスをまぶせるユーモアがあると僕は思った。実際に、柏さんはロンドンの街で、旅行代理店まがいの商売をしていた。地方公務員やＪＲの職員、あるいは官僚見習いのような連中が、研修や視察と称して観光しているところに顔を出しては、彼らがいろいろな意味合いでより快適な滞在が送れるようにと便宜を図ったり、ガイドをしたりして、それに見合った善意を受け取っていた。ストーンズのチケット代のために僕も何度か、比較的まともな恰好だったので、そんな連中に近寄って声をかけたりした。どこの企業や団体の、どういった人間が来るかという情報を柏さんは独自のルートから入手していた。その一つに三越で働く女の子のグループがあり、そこにハルコはいた。

ハルコはワーキングホリデーを利用して、ノースウェストにあるフラットを友人とシェアし、僕と近い時期にロンドンに来ていた。お互いが新参者で年も同じだったので、僕と彼女はそれが急務であるかのように仲良くなっていった。僕は会うたびに彼女に対して好感を抱いていた。彼女は自分の話をよくし、それに気が済むと、同じ量の質問を僕にした。お互いが惹かれ合っていることがよく分かった。僕は彼女に感じた好感を試したいと思った。

「おじさんたちはどうだった?」

ハルコの部屋にはストーンズのCDがかけられていた。

「横の男がミック、ミックってうるさかったよ。一緒に唄ったりなんかしてさ」柏さんは僕の脇腹を肘で小突きながらそう言った。

「ジャズ好きの男が、ロックンロール大好きって合唱してたよ」と僕はやり返した。

僕たちはハルコの友人と一緒にテーブルを囲んだ。スーパーで買ったワインと日本酒を空け、和やかな食事を楽しんだ。久しぶりに口にしたすまし汁に一同感動したりしていた。突然、ステレオから浅尾さんとの思い出の曲が流れた。

誰かおれの彼女を見かけたかい？　この辺りで見かけなかった？　愛する人が去って、何も見えなくなったんだ。探しても見つからない。人混みの中に紛れこんでしまったんだ。

ほんの少しの間、僕は夢中になって耳を傾けていた。ハルコの声が耳に届いたけれど、それが何を意味しているのか理解できなかった。ハルコの声が再び聞こえた。僕はようやく顔を上げ、彼女を見た。

「音楽が好きなのね？」彼女はもう一度そう言った。

「ああ、嫌いだよ、いや好きだよ、好き」

「どっちよ。大丈夫？」

彼女は笑ったと思うと、僕の顔を上目使いでのぞきこんだ。残りの二人が一斉に僕の方に目をやった。

「何が？　音楽だろ？　人並みに嫌いじゃないよ」僕は周りを見渡した。

柏さんが呆れたような顔をして口を挟んだ。それで場は元どおりになった。

アルコールの量が増えるにつれ、柏さんの舌は止まらなくなった。ハルコの友人を何度となくデートに誘ったけれど、一つ残らず断わられていた。僕とハルコは顔を見合わせ、柏さんに気づかれないように、くすくすと笑った。

ハルコは僕の体に触れようとはしなかった。その言動には、いらだちや焦燥や不安が見え隠れしていた。けれども感情はその印象よりずっとストレートに僕には映った。

「日本で嫌なことがあったんだろう。おれだっていい思い出がない。ほとんど消えてしまいたい気持ちで逃げるように飛び出してきた」と柏さんは言った。

ハルコに比べると、浅尾さんのものごとに対する姿勢はストレートだった。逆に感情の内奥には僕とでは分かり合えない揺れのようなものをいつも抱えていたことを思い知らされた。彼女たちはしかし真逆の人間ではなかった。ある意味においては同じ傾向を有していたのかもしれない。けれども僕は二人を比べるという愚かな行為をきっぱりとやめなければならなかった。僕はハルコが好きになったし、幸運にも彼女もそれを受け入れてくれた。

一九〇〇年代が終わった。全く新しい数字が並んだカレンダーを僕はハルコと二人でめくった。ロンドンの冬は本当に寒かった。電車のチケットを買って、わざわざ極寒の北部旅行にも行った。

語学学校が退けたある日の夕方、僕は柏さんと落ち合って、彼の凱旋帰国を祝うべく男だけのディナーを設けた。

「ハルちゃんはいい娘だよ。勉強するためにこの街に来たわけじゃないだろうけど、ハルちゃんに関しては真剣なんだろ?」

柏さんはグラスを傾けながら、目を細めてそう言った。柏さんがハルコのことをハルちゃんと呼ぶのが僕は大好きだった。

「五つも年が離れてりゃ、僕の親父と同然だね」

僕の返答を聞いて、彼は小さく笑った。

「帰ってきて何かあてはあるか?」

言いよどんでいる僕を見て、彼は言葉を続けた。「残念ながら、お前が卒業する頃にはおれは社長だ。ロンドンのパートナーはそっくり継続させてもらうよ」

「そいつは残念だな」

春はロンドン中が輝いて見えた。半袖の服をさっそく着た大勢の人間が陽光を全身で浴びていた。まるで一年分の陽気さをストックさせているようだった。ハルコは自分の季節だと言ってセーターを脱ぐと、Tシャツ姿で一足先に日本に帰っていった。残り少なくなった日々を僕は大いに楽しんだ。仲がよかったスウェーデンの男と連れ立って、消火栓の掲示板を指差し、もくもくと煙が立ちこめるサウンドシステムに足を運んでゆっくりと腰を動かしたり、知り合いをかき集めて家の庭でバーベキューをしたりした。ハルコは電話でコートが要るとぼやいていた。すぐそっちに行くよ、と僕は言った。

ヒースローまでの長い道すがら、日本に帰るんだ、と僕は自分に言い聞かせていた。

2

大学の友人は明るい声で僕を迎えてくれた。けれども彼らは微妙な時期だったので、疲労の色は隠せなかったし、混乱している者さえいた。時々キャンパスで顔を合わせても、その口振りは以前のようにふるわなかった。ぼくも彼らの状況がよく分かった。それ故に何も言わなくていいとも思っていた。

ハルコと再会した日、僕たちはロンドンでの空白を埋めるようにきつく抱き合った。彼女は本当に強く僕を求めてきたし、僕もそれに全部応えたかった。唇を重ねると、パズルの最後のピースがすっぽりと型どおり埋まったような気がした。近くから見ても、遠くから見ても、もうどの角度から見ても大丈夫だと思った。必要だと感じたのは、それを暗黒の底に置いていくことだった。僕は淵をよじ登って、尾根伝いをしばらく歩いた。遠くの方でくぐもった光源がゆっくりと晴れていった。

二年間の交際を実らせ、兄が結婚した。我々のマンションを出ていくとき、一年間の家賃は出してやると彼は僕に言った。それは結構な金額だった。それには及ばぬと僕は丁重に断わった。半分は卒業するまで相変わらず親が出してくれるし、もう半分は自分で払うと。

「そのお金でお義姉さんに贈り物でもしろよ。そっちの方がずっと健康的だよ」と僕は言った。

兄は肩をすくめると、しきりに頷いていた。

「うまく行ってよかったよ。喧嘩もしなかったし、女の奪い合いもしなかった」

「トイレも詰まらなかったし、雨漏りもしなかったしね。夏にはヴェンチャーズが来てくれた」

「女の子を連れてくるもよし。ただし定員オーヴァーには気をつけろ。床が抜けんとも限らん」

兄はやり返したとでもいう風に得意げな顔を浮かべながら、「ウォーク、ドント・ラン」のメロディーを口ずさむと、思いついたようにそれが「キャラヴァン」になった。

我々兄弟はどうも物持ちがよすぎた。どうでもいいことを象亀みたいにいつまでも憶えていた。

入れ替わるようにハルコの荷物が兄の部屋に収まった。ハルコの服がクロゼットに掛けられると、それは最初から彼女のクロゼットのように映った。兄は、気前がよいことに、自分の持ち物を全部、カーテンを束ねるひもから足の小指の指紋に至るまで、きれいに取り払っていたので、ハルコは幾分ほっとしていた。

かつてのパブリックスペースたるリビングには、その大半を兄が出資したソファーや二七インチのテレビがあったけれど、彼が持っていったのは学生時代にどこかで買ってきたという古いコート掛け一つきりだった。由緒あるコート掛けだと記憶の中の値札が機会があるごとに訴えかけてきたけれど、年中を通してぶら下がっていたのは、しわの寄ったネクタイや、そこそこ見応えがあったクモの巣くらいだった。新しい転がり先では女性ものの下着や何やかやがひっかかって、その昇格に気をよくしているかもしれない。

僕とハルコはお互いの部屋を持つことで、それが気持ちを楽にしてくれただけでなく、気分次第でそれぞれのベッドを訪ね歩く楽しみも持てた。四泊五日の少し長い旅行をしたり、日帰りのドライヴを楽しんだり、僕の部屋は山あいの旅館で、ハルコの部屋は海を見渡すコテージになった。


四年生になった春、柏さんから電話がかかってきた。

「そうか、勘違いしてたよ。ろくでもない一年を勘定し忘れてた」

久しぶりに耳にした柏さんの声は海底火山の爆発のように個人的で、大きく、そして気持ちよかった。

「いや、そうでもないよ。もう一年、ろくでもなくなりそうなんだ。何と言ってもほとんど毎日が休業みたいなもんだからね。柏さん、何か手伝えることがあったら、是非働かせてもらいたいんだ」

「よし、採用だ」という柏さんの言葉が間を置かずに受話器に到達した。

柏トラベルは、街の中で古くから、特に粋を求める人間たちによって愛され、守られてきた一帯の、大通りから枝分かれした細い筋にその小さな事務所を構えていた。

街特有の傾向は近年も増すばかりで、雑誌に取り上げられるような店やカフェが軒を連ね、新進デザイナーのセレクトショップも進出し始めたので、通りそのものが観光事業の主要なコースになっていた。僕が住んでいたマンションからは電車で十分、歩く時間を加えても三十分程度で通えた。

「本当に近くに住んでたんだね」、と僕は柏さんの顔を見るなりそう言った。

事務所は、あまりぱっとしない病院の受付のようにあらゆるものが雑然と収束されていて、寄り合った四つのデスクのうち二つが物置になっていた。柏的見地から見ても、それが洗練された職場環境とは言いがたかったけれど、社長の言葉を借りるならば、そういった何やかやは趣味の問題であって、枕許に耳かきを置いておけばいつでも耳が清潔に保たれるじゃないかということだった。わざわざ抽出しの奥に放りこむ必要はないと。確かにそれは紛れもなく趣味の問題だった。

構成員もごく洗練されていて、柏さんと事務をこなす女性との二人きりだった。

「オートメーション化だよ、君。キーボードがあれば何でも揃う」と柏さんは言った。「でもこれで我々は三人だ。やっと会社らしくなった」

柏さんの父親はその引退が迫ったとき、彼は一代で築いた会社をたたむつもりだったけれど、末っ子の柏さんが名乗り上げたので思いとどまった。「これからの状況がどうなるかお前でも分かるだろう?」、と先代は若い柏さんを諭した。柏さんは父親の愛着ある形を残したいためではなく、もちろん勝算もなかったけれど、自分はこの仕事が割りに向いていると思った。残念なことに、父親を見て育ったせいか、どこかに就職してその判断を確認する気にはどうしてもなれなかった。そして独自の長い予行演習を済ませた春に、柏さんは二代目として柏トラベルを継ぐことになった。

事務の女性は古株の社員だった。高校を卒業すると同時に、柏さんの父親に雇われ、それは息子の代になっても引き継がれた。恐ろしく無口な女性だったけれど、その有能さのおかげで、二代に亘り重宝されていた。年は柏さんと同じだったので、たいていの人が彼らを夫婦と思った。二人が並ぶと、柏さんは女房に陰ながら支えられる憎めないが出来の芳《かんば》しくない家長然としていた。そういった印象により仕事を獲得するときもあれば、その同じ量だけ他の女性に振られた。柏さんが営業や添乗で事務所を空けたような際に、僕と彼女はぼそぼそと世間話をしたけれど、話せない人間じゃないとよく思った。少しばかり愛想はよくなかったものの、嫌味には感じなかったし、小さく笑うと一瞬だけ花が咲いたように周りが明るくなった。彼女なりに使い分けているところがあるんだろうなと思った。そして当然のことながら彼女にはきちんと彼氏がいた。

柏トラベルでの僕の主な仕事は事務の見習いから始まり、次第に指南役は柏さんに移行していった。

「この辺りの人間は新興の金持ちが多い。社長に医者に、大学の教授といった連中だよ。親父の代から付き合いがある。地場産業の壊滅的状況と、先生連中にしろ状況が状況だから、昔みたいには、つい十年くらい前のもんだが、金の使い途に困ってる人間がわんさかいるわけじゃない。でもな、顔なじみのほとんどはもうリタイアしてるんだよ。後は余生というわけだ」

大手の代理店から商品を取り寄せ、コースをピックアップし、コーディネートするも、コミッションのパーセンテージは常識的なものだった。

「我々だけで開拓していかないとアウトになる面もある。そこに生き残りを賭けている我々のような小さな会社は、一方では大手とのつながりが生命線なんだよ。でもこの土地には特色があると言っただろう？　遊び慣れた人間と遊び足りない人間が静かな老後を求めてると思うか？　代々続くような金持ちはここいらで遊び飽きただろうけど、若い頃苦労したような人間は決してそうじゃない。奥さん連中だってまだまだ元気だ」

柏さんは信頼を受けた添乗員だった。客の口実に加担したり、現地での実際の行動力が他とは目に見えて違っていた。

「ロンドンでやってたようなことを、おれは南米でもアジアでも実地で試されてきたんだ。どの通りまでは大丈夫だとか、交渉の上限はいくらまでだとかな。おんなじようなやり口はごまんとあるが、おれは割りに体力には自信があるんだよ。砂漠の真ん中で女を見つけろと言われても期待は裏切らない」

ハルコは計量器の卸会社で事務をしていた。個人的にイタリアから取り寄せたはかりを、何重にもなった包みから取り出しながら、彼女はその実用的なつくりを嬉しそうに細部に亘って説明した。けれどもキッチンに置くと、どうしても前衛作家が失敗した単なる野心作にしか見えなかった。暗い家に帰ってくるたびに、僕はひやりと肝を冷やした。なるほど使い途に関しては、彼女の説明どおり、苦労しなかった。「へえ、小麦粉の量も計れるんだ」、と僕はよくからかった。僕の長年に亘る目分量があっさりと駆逐されると、人心は寝返ったように新任の判事に飛び移った。

休日はお互いをずっと親密にしてくれた。僕たちは一切何も手が加えられていないような午前を過ごし、英国式の午後を楽しんだり、河縁に出てそのまま北上したりした。「あいつも散歩に行きたがってるんじゃないか?」、「案外しつこいのね」、と、首のところで変に折れ曲がったはかりの争奪戦を繰り広げたりもした。

ハルコは僕に対して物足りのなさを感じていたかもしれない。僕が彼女に与え得るものごとは、どれだけ大声で強調しても、ごく限られていたし、僕がその最低限の貯水量に満足していることが彼女を不安にさせることだってあった。水田に水を引き、プールに水を満たし、火災の際には緊急の、大量の水が要る。彼女が心配していたことは、実際に、そういうことだった。

「最近何か面白いことはあった？」

ハルコはよく僕にそう尋ねた。真剣に訊いているわけじゃないことはよく分かる。けれどもその質問が、図らずも、二人の間に深い溝をえぐってしまうことを、彼女は分かっていなかった。

「君があのはかりの奴に名前をつけた」

「ねえ、もう少しためになる話ってないわけ？」

「そうだなあ」と僕は考えるふりをする。「この前行った喫茶店のいすの形が面白かったよ、肘掛けのところがさ。今度見学に行ってみない？」

「ねえ、あなたのそういう冗談は好きだよ。そうやって周りと一定の距離を置くところがあなたの生き方だと思うし、見習うべき点もあるよ。でもそれは単に真剣に生きようとしていないだけじゃない？　真剣にものごとと向き合おうとしてないだけだよ」

「そうかもしれないね」と僕は小さく答える。僕の生き方において見習うべき点など一体どこにあるのだろうかと僕は考える。そして面白味というものについて、僕はますます個人的に捉えようとしている。「でもね、割りに辛抱強いんだよ」。

そういった夜、ハルコは僕をはげしく抱き締めた。彼女が僕を試そうとしていることで、僕は救われたような気がしていた。僕が彼女に対して何も言ってやれないことを、ハルコはよく分かっていたけれど、僕たちはそれでもお互いの愛情が好きだったし、守りたいと願う唯一の輝きだった。

単位の問題で、もう半年大学に通うことになり、残暑が厳しい九月にやっと卒業することができた。三〇人ほどの卒業生が一堂に会し、学長の祝辞で一斉に散っていった。僕の隣には正装したハルコが付き添っていてくれた。

「あまりぱっとしなかったね。みんなよそよそしいし。あなただって知り合いなんて一人もいなかったんでしょう?」

駅までの長く退屈な一本道を歩きながら、ハルコはまるで自分が卒業したように楽しそうに話していた。

「一つだけ良い点がある。こんな季節にはかま姿は滅多に見れるもんじゃない」

彼女は声を上げて笑った。

「とにかく卒業おめでとう。何はともあれ素晴らしいことだよ」彼女は握り合った手にぎゅっと力を込めた。

「そうだね。ありがとう」その手を空高く放り投げたい気持ちを抑えながら、僕はそっと握り返した。

(ここに挿入する割りに短めの話は、おそらく、この括弧つきの説明がそうであるように、わざわざ引っぱり出して披露するといった類のことではないだろうと思う。しかし、それが意味することについては依然として考える余地があるので、そっくりそのままの事実を、そっくりそのまま、辛抱強く確認する必要があると、賛同を得られずとも、僕は思う)

3

二回目の添乗の際、僕は一回目の反省点を挽回すべく、懸命になって動き回った。半信半疑の、ほとんど邪推したうさぎの眼差しで僕を見ていた客も、夜の時間になると打ち解けて、肩に腕を回してくる人間もいた。自分なりに下調べを周到にしたつもりだったけれど、何年にも亘る柏さんの根回しがきちんと張られていたので、僕は彼らをそのとおりに案内するだけだった。

最後の一人が上海の女の子をエスコートするのを見届けると、僕は一人で街を散歩するためにホテルを後にした。南京東路を西から東に向けてとぼとぼと歩きながら、柏さんに教えてもらった食堂のある細い筋を目指していると、僕はある光景を目の当たりにして、思わず立ち止まってしまった。全身に流れる血脈が一気に凍りつき、震える足許を押しとどめなくてはならないほどに、僕は揺さぶられていた。空気の流れがぷいと変わり、一晩中消えることのない街の喧騒が一瞬何かに飲みこまれてしまったかのようだった。中年の日本人に肩を寄り添って歩く、外灘の通りに溶けこんだような赤いチャイナドレスを着た若い女性が、浅尾さんにそっくりだった。

最初、その女性が浅尾さんだと思い、体を硬張らせていると、後ろ姿を見ているうちにばかばかしくなって、緊張の糸はすうっと解かれていった。けれども彼女が何かを確認するように不意に後ろを振り返り、そのまま僕をちらりと捉えたその顔は、紛れもなく浅尾さんだった。僕は再び身動きが取れずに、内側から表面を叩きつける心臓の鼓動を耳にして立ち尽くしていた。

その女性が何でもないといった風に連れの男に耳打ちし、暗がりの裏道に消えていこうとしたとき、僕の足は勝手に動き出し、息をひそめてその後を追っていた。四川中路をさらに中に曲がり、沈鬱とした細い路地をしばらく歩くと、二人はある古い建物の前で姿を消した。僕は駆けていき、その門の正面に立った。

赤ん坊を抱きかかえた大きな老婆が、門の脇で小さな木のいすに腰をかけていて、だらりとした目で僕を凝視していた。一歩前に足を運ぶと、その老婆は口許をほんのわずか緩めて、太い首を大きく横に振った。それでもなお僕が前に進もうとすると、急に、予想の範疇を超えた身のこなしで、さっと立ち上がるなり、鋭いかまのような目で僕を見下ろした。赤ん坊が泣き出し、その甲高い音は一向に止まなかった。その大きな老婆は胸の前の赤ん坊をただ見つめていて、泣き止まそうとはしなかった。再び僕の顔をべっとりとした視線で見下ろすと、分厚いあごを差し出して退却を促した。

残りの日程を、僕は混乱と静寂の中で過ごした。あれは浅尾さんじゃなかった、そんなわけがあるはずもない、と何度も思いながら、あの女性が振り返ったときの表情が頭に強く残って離れなかった。何時間も前から客がベッドから這い出るのをホテルのロビーで待ち、その間ずっと頭を空っぽにしてその日の予定を確認する作業に打ちこもうと努めた。

＊＊＊

家に帰ると、ハルコは会社の友人と旅行に行っていた。僕は書き置きに目を通しながら、名前を呼んで留守番をしていたはかりにただいまと言った。書き置きには僕宛の手紙のことが記されていた。文面から察するに、ハルコはその手紙に好感を抱いていないようだった。

キッチンにもリビングにもそれらしきものはなかった。僕の部屋に入ると、その封筒がベッドの上に、どう推測しても放り投げられたままの恰好で、置かれていた。最初、僕はただ非現実的な長方形としてその紙の包みを眺めていた。封筒と認識するにはしばらくの時間がかかった。スーツケースをクロゼットの前に置き、カーテンを引き開け、新鮮な空気を部屋に通した。ベッドの縁に腰を下ろすと、表を下にして置かれてあった封筒を手に取り、ゆっくりとひっくり返した。僕の名前とマンションの住所とを記したその文字は浅尾さんのそれだった。

封筒を持つ手がそのまま固まってしまい、重たい動悸がどんと一突き胸を刺すと、一気にその速度を上げていった。僕は何度もその文字を読み返した。上海で見た女性の横顔が頭の中をでたらめに駆け巡っていた。どうしても落ち着くことができなかったので、キッチンに向かい、ペットボトルの水をグラスに注がず直接口をつけて飲み下した。家中の閉ざされたカーテンを開け放ち、新しい風を呼びこんだ。ハルコの部屋の窓も開け、ちらりとその室内を見渡した。ソファーに腰を落ち着かせると、幾分気分が晴れ、僕は深く息を吸った。ゆっくりと胸に溜めこんだ空気を吐き出しながら、浅尾さんがその手紙を書いているところを想像して、そして頭を振ってそれを打ち消した。

草花の模様がプリントされた封筒からは、かすかに花の香りが漂い、鼻を近づけるとその懐かしいような匂いが鼻腔を通ってほんのわずかな間、鋭い刺激を放った。手の中に収まった封筒の色や大きさや匂いが、部屋の中で唯一、何かを獲得しながら拡大しているように感じられた。中くらいの規模のステレオ装置も、棚の各段に並べられた専門書や古いレコードの類も、首を曲げてちらりとのぞいてみると、それらは不意に単なる具体的な物質に化けたようだった。

「迷っていたわけではありません」、と手紙には書いてあった。ひととおりのあいさつと、季節が移り変わる慎ましい調べがつづられた後に、一呼吸置いて、その告白を通して確認するように言葉は続けられていた。

「私自身解決しなければいけないことがあったのです」

レターペーパーからも同様にかすかな花の香りが感じられた。四枚の紙片にゆったりと行間を取って書かれた文字には乱暴な印象はなく、一文字一文字が丁寧に運ばれ、こちらが息をつこうと思っていたところでそっとペンは体を休めて、静かな空白を用意していた。

「落ち着いた気持ちでこの手紙を書きたかったのです」

レターペーパーには古い、およそ近世ヨーロッパのものと思われる光景のスケッチがうっすらと印刷され、文章はそのすき間を縫うようにしたためられていた。堅く、木目が美しいであろう机の上は雑然としていて、中央に描かれた男性が、その机の端っこに肘を突いて何か細かな作業をしているようだった。顕微鏡をのぞきこむ研究者のようであり、特殊なレンズを使って宝石をカットする職人のようでもあった。男性の眼差しがその小さな対象にだけ向けられていて、文字と文字との間に彼の書物がうずたかく積まれ、たいていの場合は文字の向こうでぼんやりと彼の没頭が浮かび上がっていた。四枚ともが同じプリントで結局はその男性が何者かを推し測ることはできなかったけれど、僕はそのレターペーパーをぱらぱらと繰り、堰を切ったようにもう一度最初から読み始めた。

何かが大きく欠けていた。その手紙には何か決定的なことが大きく欠けていて、それが強烈に示されていた。一つは読む前から、封筒を手にしたときから分かっていた。もう一つだ、と僕は文字を追いながら考えていた。もう一つ、すごく重要なことを僕は見過ごしている、と。電車の車窓から見える名もない景色のように文字は流れていった。読み終わると、僕はもう一度ゆっくりと読んだ。そして再々度、時間をかけて読み返した。不意に僕はそれが何なのか分かった。文字の薄さだった。

それに気がつくと、手紙を読むのを中断し、あらゆる所作が仮死状態に陥ったように、僕はすっと思い返してみた。こんなに消えそうなくらいに薄い文字を経験したことがあるか、と。僕は再び文面に目を落とした。けれども消え入ることはなく、しっかりと刻まれていた。そこにはまるである種の意思が込められているようだった。

「今、こちらは雨が降っています。穏やかな雨です。今朝からゆっくりと地面を濡らし始めて、今では街全体が雨に打たれてくぐもった輝きの中でひっそりと佇んでいます。本当に辛抱強い雨です。おそらくは明日も降り続けることでしょうし、もしかすると夜明けとともにぴたりと止むかもしれません。その間に山々の木々や道端の草花はぐんぐん水分を吸いこみ、葉や花びらは頭を垂れ、そして一斉に空に向かって顔を上げることでしょう。くるぶしが浸る程度だった河の水かさも、今日一日だけで目を見張るくらいに増えています。耳を澄ませば、その勢いある音が一直線に流れていくのが聞こえます。校庭の土や砂も時間をかけて押し流され、小さな小さな川や湖があちこちにつくられ、区画のための白線もあっという間に地中に浸みこみ、もろとも流されていくことでしょう。静かな雨です。それでもすべてを覆い尽くすように降り続いています。

流されるべきものがきちんと流されています。あるいはとどまるべきものも止むを得ずその流れに飲みこまれているかもしれません。

例えば校庭の白線なんかはとどまるべきものですね。もう一度地面をならして、しっかりとした計算の下、慎重に引き直さなければなりません。二〇〇メートルトラックが一九七メートルや二〇四メートルになったら困りますし、サーヴィスラインが前後したらプレイヤーはきっと困惑するでしょうし。でも今日の雨でしたら諦める他に手はありません。ゆっくりとですが、確実にいろんなものを流し去っています。河の水かさも、想像する以上に、実際はすごい量に達していると思います。静かな夜ですから、それがある区切りごとにどんどん増えていくのがよく分かります。

私は手に何も持たず、降り続ける雨に打たれている自分を想像しています。私の周りにあったおおかたのものは静かに流されていきました。私はその流れていく先に目をやりますが、カーテンのような細かな雨粒の連続で何もかも途中で見失います。それでもまぶたをこすって目を凝らそうとしているのですが、今度は真っ暗な壁がぬうっと現れたみたいでやはりその先を知ることはできません。私は自分の服や髪がじわりじわりと溶かされていくことにようやく気づきました。体をやみくもに揺らしたり振ったりするのですが、雨は休むことなく私の全身を捉え続けます。そしてとうとう私自身がどこか暗闇の向こうにひっそりと流されていくのを、私はただぼんやりと眺めているのです。

それらは単なる妄想です。私は今、頑丈な（と思われる）一室から雨の音を聞いています。通りを滑っていく車のタイヤの音や、救急車がサイレンを鳴らしながらあらゆるものを置き去りにして遠ざかっていく音に、耳を傾けています。すぐ近くの通りをバイクが足早に過ぎ去っていきました。

私はこの雨の中で、長い長い時間をかけて、たっぷりと水分を含んだ空気を吸いこんでいます。あるいは偏ったやり方で黙々と続けています。肥満している子どもの料理数は少ない。同じように、何かしらのものごとは起こったから起こったのですね。起こらなかったことは決して起こらなかったように。

夜の雨はなかなかいいものです。誰の目にも届かないしいいんとしたところで、いろんなものが流されていくのがよく分かります」

ふうと息を吹きかければ、ばらばらに飛び散ってしまいそうなくらいにその文字は薄かった。追伸、と付け加えられた数行の言葉に目を通し、僕は手紙をたたんで封筒に戻した。

ほとんど消えかかっていた消印にようやく確認することができた数字は確かに最近のものだった。けれども封筒の隅から隅を穴が開くくらい探しても、灯りに透かしてみても、何か特別な方法がまだ隠されているような気がしたけれど、浅尾さんは自分の住所をどこにも書き記していなかった。

五年間だ。ふと僕はその数字の意味について思いを巡らせた。過ぎてしまえばそれは光線のように流れていった実感はした。けれどもどれだけ深く、実際には数分のことだったと思うけれど、深く分け入っていっても、まだその時ではない、と言う例の屈強な門番が現れて、僕はその門前に座りこむことなく、頭を空にして引き上げていった。

「迷っていたわけではありません」。僕は再び封筒から四枚のレターペーパーを取り出して、その文句で立ち止まっていた。さらに数行進む。「私自身解決しなければいけないことがあったのです」。封筒とレターペーパーからかすかに花の香りが漂っていた。もう一度だけ、と思い、僕はそれらに鼻をぐいと近づけた。しばらくの間、その匂いが僕の周りから離れなかった。

光が短くなり、僕は夕闇の中、ゆっくりと部屋を見渡していた。開け放たれた僕の部屋から青白い闇が二膝三膝進んできた。ハルコの部屋のドアは閉まっていて、奇妙なくらいに押し黙っていた。キッチンでは飼い主の帰りをじっと待つ子犬のように、頓狂なはかりがぼんやりと白い光を放っていた。

「私たちがこれまでに失ってきたものについて、時間を忘れて話し合えたらどんなに素敵なことでしょうね」

浅尾さんの手紙に追伸と付け加えられた数行の言葉に目が止まっていた。

それは本当に消え入りそうなくらいに薄い、最後のメッセージだった。

何千回読み返しても、僕には何もできないことを思い知らされるだけだった。四枚のレターペーパーにつづられた言葉は、ただいびつな形骸としてのみ僕の体の中にとどまっていた。浅尾さんが僕に何かを伝えようとしているのかと考えてみた。けれどもその音声は、上海で僕を捉えたあの女性が口だけを動かして何かを言っていたように、僕の耳にはひとかけらも届いてこなかった。

「それで、ラヴレターには何て書いてあったの?」

旅行から帰ってきたハルコはリフレッシュした清々しい笑顔を浮かべてそう言った。「借金返済の催促じゃないでしょうね?」

僕は木の実を口一杯に頬張ったリスのようにもごもごと口許を動かすだけだった。

「残念ながら、ラヴレターじゃなかったよ」

浅尾さんは、僕と言葉を交わそうとはしていなかった。

4

僕は手紙に書かれていたことを何度も思い返した。時間が経つにつれ、少しずつ落ち着いた気持ちで接することができるようになった。確かに魅力的な文章だった。それまでに受け取ったどんな手紙よりも穏やかで個人的なものだった。誠実さというものを感じ取ろうとすれば、それは必ずしも難しい作業ではなかった。僕は雨の中のグラウンドを想像したし、その中でぽつんと佇む人影だって見失わなかった。肥満している子どもの料理数は少ない。どうしてそんな言葉が引用されたのか首をかしげずにはいられないけれど、実際に彼らの食卓を思い浮かべて、僕は頬を緩めた。

けれども結局のところ僕ができ得ることは、以前と同じように、その事実を理解するだけだった。僕には何もできないという事実を。そしてあれから五年の年月が流れたという強い強い事実を。

年が明け、世界中には不穏な空気が、ぎっしりとその中を埋めるように、静かに押し寄っていた。戦争というものを考える際に、僕は自分がもっとずっと個人的な人間だと思った。しかし考えを留保するには状況はただ切羽詰っていた。それは柏トラベルとも無縁ではなかったし、浅尾さんが見ていた雨の中にもまた別の種類のものごとが流されているはずだった。

しとしとと一日中雨が降り続いていた。僕は辛抱強い雨というものを考えていた。手を抜くのがうまい雨、強引な雨、怠け者な雨、車窓から見える雨は少なくとも空から落ちてくる水滴の連続にすぎなかった。

電車の中では多くの人間が濡れた傘の処置に困っていた。改札の手前やプラットフォームの端で何度か水滴を振り落としても、足許には点々といくつかの水溜りが広がっていた。靴についた汚れと混ざり合うと、それらはいよいよみすぼらしく見えた。何人かはそういった光景をじっと眺め、何人かは変わり映えしない窓の外の雨に煙る景色をぼんやりと見つめていた。

僕は吊り革にもたれかかりながら、目の前の車内広告をひととおり観察していた。暖房がよく効いていて、コートの下でうっすらと汗をかいていた。

コンタクトレンズの洗浄無料キャンペーン、＊＊歯科開業、春期講習受講生募集、スポーツクラブの入会特典、遊んで学ぶ時計の歴史展、海を臨む結婚式場、今月の沿線行事、プレバーゲン。興味を引くような広告はもちろんどれもなかった。二駅前の町で月末に、ポーランド人による人形劇と詩の朗読会が催されるとのことだった。一体どれだけの人が、どんな人が、その催しに足を運ぶのだろうかと僕はしばらくの間考えていた。ポーランド、首都ワルシャワ。そこで僕のポーランド旅行はあっけなくぷすんと終わった。柏さんなら、と僕は想像した。ポーランドのジャズミュージシャンを何人か挙げるかもしれない。あるいは割りに悲劇的なその歴史を事細かく説明するかもしれなかった。けれども割りに悲劇的な歴史を経験しなかった国がどこにあるだろうかと僕は考え、そしてそれも途中でやめた。頭をもたげ、再び窓の外に目をやった。辛抱強い雨だな、と確かに僕はそう思った。

　ぱちんと何かが後頭部を打った。ほんのわずかな間、僕はその軽いショックに納得していた。てっきり何かをひらめいたと思いこんでいた。ポーランドのスラヴ語源や、夕食のメニューか何かだと。けれどもそのどれでもなかった。僕は身を乗り出してそれを確認した。シートに座る何人かが頭を上げて僕の顔をのぞきこんだ。

時計の歴史展。その広告に印刷された絵が、浅尾さんのレターペーパーに印刷されていたものと全く同じだった。

立派な机の上には分厚い書物やこまごまとした器具で溢れ返っていて、中央の男性は肘を突いてやはり何かに没頭していた。その隅に説明の文が記されていた。僕は目を細め、それを懸命になぞった。

十九世紀初めの時計作り。

どう見ても同じスケッチだった。もう何度も何度も、折り目がくたくたになるまで、何度も読み返していたので、間違えるはずがなかった。黒茶色のペン画、奥にある背の高い書架、曲線に斜線、ほんの少しだけ顔をのぞかせている鼻の形に僕は突飛な形容が浮かんだ。真横を向いた姿勢から見えるそれは実に半島的な鼻だった。半島的な鼻を持つ十九世紀初めの時計職人。別にふざけたい気分ではなかった。半ば呆れて、紛らすように視線をきょろきょろとさせていると、自然とある一点に落ち着いた。結婚式場の広告に記載された所在を示す簡単な地図。その海を臨むチャペルは鼻の先端にあった。僕は頭を数回振り、きちんと訂正した。そのチャペルは小ぢんまりとした半島の海岸線にあった。その半島の形と、時計職人の鼻の形とを照らし合わせてみるも、特別に似た印象はなかった。

再び僕は時計の歴史展と銘打たれた広告に目を通していた。キャラクターとコピーに目をやると、それは親子を対象にした比較的フランクな催しのようだった。未就学児童とその親とか、小学生の自由研究の参考になるような。その中において、十九世紀初めの時計職人は少しばかり居心地が悪そうだった。時計から手足がにょきと突き出て、片目をウィンクしている可愛らしいキャラクターの横で、彼は前かがみになって没頭していた。あのプリントは時計職人のものだったのか、と僕は思い返していた。四枚のレターペーパーに印刷された絵と全く同じものだった。その四枚の時計作りのスケッチが、アンディ・ウォーホルのポスターのように頭の中で連なっていた。

電車は大きな河の両岸に渡された新しい橋の真横を抜け、次第に速度を落としていった。河の水面に落ちる雨はすぐさまその流れとなり、勢いよく流れていった。河川敷の公園やランニングコースも同じように雨に打たれてぴかぴかと輝いていた。街全体から白い煙のようなものが立ちこめ、もやがかかったようにこもった光の中にあった。電車が地下に入り、窓には乗客の姿が映し出されていた。

どうして同じ絵なのだろうか、僕はそのことについて考えていた。たまたま偶然だった、そう判断を下すことは簡単だった。けれどもそれで安心はできなかった。下から少しずつ押し上がってくるある種の揺れのようなものを僕は感じていた。それが何かの予感なのか、奇妙な知らせなのか、あるいは単なる偶然による驚きなのか、結局は分からなかった。

時計展の開催期間は残り一週間だった。地下鉄構内の掲示板にも同じ広告が何枚か貼ってあった。同じ時計職人が十九世紀の初めにひっそりと時計をつくっていた。十九世紀初めの時計がどのような形をして、どういった種類の時を刻むのか見当もつけなかった。空想のねじがきりりと巻かれ、空想のぜんまいがゆっくりと動き出した。けれどもそれは十九世紀初めの時間であって、決して五年間の時間ではなかった。五年という時を刻んだ時計はもう思う存分に働いた。しかるべき時を鳴らして、目を覚まさせてくれたり気づかせてくれたり、忘れさせてくれたり眠りに就かせてくれた。揺さぶりはあるいは怒りのようなものだったのかもしれなかった。もちろん僕がそう考えたとしても不思議ではなかった。浅尾さんの手紙はきっと健全なやり方を無視していた。少なくとも僕の郵便受けに収まった段階でそれは正しいあり方を見失っていた。大きく大きく欠けていたのだ。そして同じ絵が現れた。レターペーパーと広告に印刷された全く同じ絵が。

「顔色が悪いな。向こうで何か言われたか?」

柏さんはカップにコーヒーを注ぎながら、空いた方の手で器用に机の上の書類をかき集めていた。

「そう? こんな顔色でも契約に問題はなしだよ。一つだけ条件があって、僕は覆面をして添乗しろってさ」

柏さんは小さく笑った。「それにしても健康的な顔色とは言えないぜ。朝はそんなんじゃなかった。ハルちゃんに別れ話でも切り出されたか？」

柏さんの目が寝そべった猫のように柔らかく、細くなった。

ハルコがシャワーを浴びている間、僕は自分の部屋で浅尾さんの手紙を、もう端から端まで丸暗記したくらい読み返したにもかかわらず、ずっと眺めていた。

浅尾さんは僕に何かを伝えようとしたのか、それとも追伸に書かれていたように、過ぎ去った時間を懐かしがっているだけなのだろうか、僕はあてもなく考えた。果たして浅尾さんは今どこにいて、どんな生活を送っているのだろうかと思うと、彼女が何も言わずに僕の前から消えるように去っていったとき、僕にできたことは何一つ、これっぽっちもなかったことを憶い出さないわけにはいかなかった。

リビングで寛ぐハルコの鼻歌が聞こえた。僕はもう、そこに何があろうとも、あるいは決して何もないのであろうとも、浅尾さんが残した、示した場所である時計展に行く決心をしていた。もちろんそのことはハルコの知るところではなかった。けれどもハルコの顔を見るとその決断が音を立てて揺らいだ。そんなに迷ったのは初めてだった。それはあまりにも大きなスケールで分裂したり、また別の像と同化したりしたので、そもそもの混乱すら僕の手許からするりと滑り落ちていった。

＊＊＊

ショーケースの中には実に様々な時計が飾ってあった。催しの規模から考えても、それは破格の展示のように思えた。あるいは一般的なサイズなのかもしれなかった。いずれにせよ、なかなかの見応えがあるフロアーになっていた。

休日ということもあり、たくさんの人が来場していた。子ども連れだけでなく、若いカップルや年配のグループも、同じように腰を折り曲げてガラスケースの向こうの珍しい時計をのぞきこんでいた。

世界には本当にいろんな趣味を持つ人間がいた。サッカーボールに模した時計ならコンビニエンスストアにでも売ってあるだろうけれど、酔狂なブラジル人はサッカーボールに時計を無理矢理にはめこんでいた。彼が、製作チームのリーダーと紹介されたクレジットをまたぐ恰好で、その時計付きボールかボール付き時計かを、青々とした芝生の上でリフティングしている愉しげな写真が、その陽気な時計の横に記された説明文に誇らしく添えられていた。他には、極めて小さいピンセットでねじを巻かなければならないような数ミリの時計もあれば、内部のぜんまいや歯車の動きがつぶさに観察できる戦前の時計もあった。

仕切りがされた部屋の向こうでは子どもたちがビデオ鑑賞をしていた。映写機とスクリーンも用意されていて、スライドを参考に子どもたち自身が簡単な時計をつくるという企画のようだった。工作キットの新しい箱を足許に置いたり手に抱えながら、彼らは食い入るようにテレビ画面に視線を注いでいた。時計が好きなんだろうか、と僕は彼らの後ろ姿を眺めながら考えていた。アニメーションで構成されていたけれど、ヒーローものののアクションシーンやきれいなお姫様は出てきそうにもないのに、誰一人として騒いだり隣の子どもにちょっかいを出す子どもはいなかった。広告にプリントされていた可愛らしいキャラクターと博士のような白髪の人物が、延々と時計の仕組みや歴史について喋っていた。

きびすを返して、僕は再び展示場を、目的の絵を探しながら、うろうろと歩き回った。成人した人間が腰を据えて時計の歴史を学ぶような催しではなかった。もちろんそういった意図もなかったのだろう。おおまかに見て二十世紀の、大戦以降の時計が集められているようだった。それでも中には魅力的な時計があったし、斬新でほほえましい時計が数多く展示されていた。

十九世紀初めの時計はどうやら何枚かのイラストで済まされていた。その最初の工程として例の絵が拡大されて、赤いロープで区切られた壁に掛けられていた。あるいはそれは貴重な原画の類かもしれなかった。

真正面に立ち、近くで細かなところまで目にすると、確かに中央に描かれた男性は時計盤を前にして両の手をそれぞれそこに掛けていた。机の上は諦めたように相変わらず散らかっていて、彼が作業できるスペースは本当に目の前のわずかなすき間しかなかった。子どもはおろか、中型のシマリスでさえ足の踏み場がないような机ではあったけれど、十九世紀的な衣服を身にまとった彼の横顔は美しく、陽射しの具合でそうなったのか、中ほどで少し折れた鼻が光って見えた。しかしそれだけだった。レターペーパーに印刷されたものと同じ絵。他に何もなかった。

子どもたちはグループになって、時計になるべく加工された種々の部品を手に格闘していた。テレビ装置が置かれていた正面のテーブルには何種類かの出来上がりサンプルが展示され、元気のよい子どもは何往復もして自分の出来上がりの経過と見比べていた。季節外れの半ズボンから飛び出た足が、ほんの少し力を加えるだけで壊れてしまいそうなくらいに細く、きれいだった。

見るべきものは全部見た。結局は単なる偶然だった。どこかの雑貨屋でレターセットを購入して、そこにたまたま十九世紀初めの時計作りを描いたスケッチが印刷されていただけのことだった。ただの面白くて、学問上にも技芸上にも頷き得る絵が。

けれども、これで本当におしまいなのかと考えずにはいられなかった。

階段の踊り場から、僕はもう一度時計展の様子を眺めた。子どもたちがつくり終えたばかりの時計を得意げに親に見せながら、大事そうに両手で抱えていた。何年間、その慎ましい時計が彼らの時を刻むのだろうか僕は考えた。

手すりにそっと手をのせ、僕は一歩一歩確かめるように階段を下りていた。半身がほんの一瞬だけ宙に浮き、次の瞬間にはどすんと片足に体重が移動する、そのたびごとに足の裏に鈍い衝撃が走り、すぐさまそれは他愛もなく散っていった。

建物内では他にもいくつかのイヴェントが催されていた。そのどれもがある特定の人々だけが関心を示すような類のものだった。階段を囲む壁という壁にはいろんな種類のポスターや広告が貼られ、それらはほとんど飽和状態にあった。何かの催しを知らせる広告の上にまた別の広告が重ねられ、その端もまた別の広告の侵略を許すといった風な様子だった。少しばかりの整理が要るな、と僕はそんな光景を眺めながら独り言のように考えていた。その言葉は同時に僕自身にも向けられていた。

不意に僕の歩が止まった。何かを見たのはその時点で認めていた。それが一体何だったのか、ほんのわずかな間、あてもなく僕は憶い出そうとしていた。おいおい、と首を振りつつ後ろを振り返ると、壁に貼られた一枚のポスターに目が止まった。

肥満している子どもの料理数は少ない。

今度の揺さぶりは頭の先から足のつま先まで一気に支配するものだった。それはすっかり僕を君臨した。

浅尾さんが手紙の中で書いていたほほえましい文句じゃないか、と僕は目を点にしてそのポスターを見つめていた。もう一度、焦点を目盛り一杯に絞りながら、ゆっくりと確認してみた。

肥満している子どもの料理数は少ない。

やはりそのポスターには赤い文字でそう大きく記されていた。つながってる、と僕は実際にそう口に出した。

混濁しそうな意識を懸命に振り払い、僕はポスターに顔を近づけた。

肥満児のための親子レッスン、日常生活から見直す肥満傾向、そういった様々な切実なメッセージが、太った親子が肩をすくめる絵の横に並んでいた。

どうして浅尾さんはこんなやり方を選んだのだろうか、僕はポスターに目を通しながらひとしきり考えていた。例えば、僕が電車の中に紛れこんだ広告を見なかったらどうなっていた？　階段を使わずにエレヴェーターに乗りこんでいたらどうなっていた？　僕はまるで浅尾さんが目の前にいるかのようにその問いを虚空に投げかけた。

「迷っていたわけではありません」、「私自身解決しなければいけないことがあったのです」、彼女が僕に送って寄越した手紙に書かれていたのはそれだけだった。どの言葉にも「あなた」はなく、そこには「私」とだけつづられていたのだ。ただ最後に一度だけ、「私たちがこれまでに失ってきたものについて、時間を忘れて話し合えたらどんなに素敵なことでしょうね」、とあった。僕が失ったものは浅尾さんだけだった。浅尾さんが失ったもの、彼女は一体何を失ったのだろう。僕は柏さんに出会った。そしてハルコに出会った。けれどももう戻れるわけがないのだ。導かれるままに歩を運ぶしかないのだ。そう考えると、この五年間一体僕は何をしてきたのだろうかと、頭の真ん中に向けて杭を打つようにその言葉を突きつけた。がらんどうのような乾いた音がした。僕はハルコを裏切った。その先に進むということは、つまりそういうことだった。

浅尾さんは手紙を通して何かを伝えようとしている。揺さぶりがじりじりとくすぶる中、もう一切が元のとおりに戻らなくなったと確認するに至って、僕は彼女が示したとおりに動き出さなければならなかった。

きつく閉じた目を押し上げ、僕はもう一度階段の壁に貼られたポスターの数々を見た。肥満のポスターが消えていた。

錯覚だったのか、と首をせわしなく上下左右させながら、はっと息を飲んで考えていた。一歩後退し、僕は呼吸を整えた。それは見失うはずもなく、最初から目の前にあった。

肥満している子どもの料理数は少ない。僕は気分を紛らせるために、少しでも意識を現実に向かわせるために、階段を上りながら、彼らの勇ましい食卓を頭に思い浮かべていた。テーブルには三人の兄弟がいた方が好ましい。もちろん三人とも立派な体格をしている。今のところは年齢のせいもあり長男が一番大きいけれど、能力的には次男が優っている。三男はというと、なかなか訪れない満腹に腹が立っているものの、本心では、兄たちの発育振りを見て何年後かの自分を照らし合わせて滅入っている。食卓はやはり料理数が少なかった。兄弟たちは一切れの肉で茶碗二杯分の米を平らげていた。

誰が悪いのだろうか、と僕は考え、起こったから起こったのであり、起こらなかったから決して起こらなかったものごとについて考えた。

肥満セミナーは時計展の二階階上にあった。他には着物の展示即売会やら古本市といった催しが同じ建物の中で開かれ、多くの人が会場に出たり入ったりしていた。喫煙スペースが設けられたところでは、一日の釣果《ちょうか》を報告し合う釣り人のように、何人かの人間が煙をもこもこと立てながら談笑していた。

受付の女性に止められ、僕は少しの間彼女と問答した。その結果入口のところから見学させてもらえる許可が下りた。ありがとうと僕が言うと、彼女は口許をほんのわずかだけ緩めて頭を下げた。

僕が考えていたよりずいぶんと真剣味を帯びたセミナーだった。中学受験に臨む塾生徒たちの夏期講習を収めたニュース映像をたまに目にするけれど、肥満に悩む親子はそれとよく似た熱心さで講師の話に耳を傾けていた。規則正しい生活リズムとバランスの取れた食生活、食事への感謝を忘れずに一口一口心を込めて味わいましょう、と大書された幕が正面の少し高くなった舞台に掛けられ、講師の女性はそれと同じようなことを小さな声で唱えていた。暖房が効いた部屋の中で哀れな子どもたちは汗をかき、あるものは母親の顔色をしょっちゅう窺い、あるものは横柄な態度でそっぽを向いていた。

今日一日だけで実にたくさんの人間を見たな、と僕は考えていた。特にそんなにまとまった数の子どもたちを見るのは本当に久しぶりだった。そうやって眺めていると、子どもたちの顔はどれもそれぞれ違って見えた。その表情やあどけない笑い声は毬のように弾み、ますます力強くなっていくようだった。辺りをぐるりと見渡して、僕は子どもたちの体から放たれる熱気や焦燥や不安といったものを感じながら、体を硬張らせていた。何か支えのようなものがあればな、という感覚は長い間忘れていたものだった。

と、そこで浅尾さんの手紙から受け取ったある種のメッセージは行き止まりとなった。けれども僕は待つだけだった。きっと何かがずっと示されている、入り口の扉にもたれながら僕はそんな風に考え、そして納得していた。しかしそれはあまりにも唐突に訪れたので、そのときの僕には単に中断させられたくらいにしか受け止められなかった。

「肥満に悩む子どもを持つ父親になるにはちょっとばかり早すぎるな」

不意に誰かが僕の頭の後ろでそう囁いた。振り返った先にいた男性は僕の顔を見つめ、愉しそうに頬を緩めていた。

「失礼？」と僕は訊き返した。その男性は僕のことを知っているような目をしていたけれど、僕は彼が誰なのか全く分からなかった。

「憶い出せない？」彼はそう言って、なおも愉しそうに目を細めた。

顔や声や雰囲気でたいていの人間は憶い出せるのに、目の前にいる男のことはどうしても、どの回路からもデータが出てこなかった。

「申し訳ないんだけど――」

　僕が詫びるようにそうつぶやくと、彼はそんなこと一向に気にしないといった風に依然として僕の顔を見ていた。

「今さ、これからちょっとしたレッスンが始まるんで手が空くんだ。お茶でもどう？　急いでるわけじゃないんだろう？　その間にゆっくりと憶い出せばいいよ」

　彼は肥満セミナーの腕章をスーツの袖にだらしなく留めていた。会場の中をひととおり確認すると、僕を案内するような手でスタッフオンリーと貼り紙がされた休憩場所の方へと歩き出した。途中、彼はどこかに立ち寄り、彼の言葉を受けて僕は先に腰を落ち着け、なるべく早く退散しようと考えていたけれど、どう言えばいいのか思いつけなかった。

「来客なんかほとんどいないからね、スタッフだけなんだ、だから遠慮しないで何杯でも飲んでくれ。そんなに美味いもんじゃないけどな」彼はそう言って紙コップに入れたコーヒーをテーブルにそっと置き、ふうと一息ついた。

「まだ憶い出せない？」彼は微笑みながら、タバコに火を点けた。

「今一生懸命憶い出そうとしてるんだけど、お手上げだよ。データはどうもフリーズされやすくなってる」僕は紙コップに口をつけて、正直にそう答えた。

「ま、大したことじゃない、よくあることだよ。たまたまおれは君を見てすっと憶い出しただけだし」

君、という彼の言葉に僕は違和感があった。

「ねえ、名字だけでも教えてくれないかな？　そうすればすぐに分かるよ。じゃないと気持ち悪くて喋れない」

「慌てるなよ。もう少し楽しもう。それに実を言うと名字を言ったところで君は憶い出さないよ。どう好意的に言っても我々は顔見知り程度の仲だったからね」

彼はそう言うと、煙を大きく宙に吐き出した。僕は諦めて次の言葉を待った。

「ところでどんな面白い理由があって、こんな退屈な場所に来たんだ？」

彼はコーヒーをすすりながら、上目使いで僕の顔をのぞきこんだ。

「大した理由なんてないよ。ほら、今日、いろんな催し物があるだろう？　そのついでにちょっと見物してただけだよ」目の前の男が一体誰なのか憶い出せないまま、僕は慎重に言葉をつないでいた。

「それにしては真剣な顔だったぜ」

「考え事をしてたんだよ」

「考え事？　なるほどな」と彼は言い、目を細めて僕の顔をしげしげと眺めた。

「ねえ、もうそろそろいいだろう、こういうのは苦手なんだ」僕は紙コップのぬるいコーヒーを一口飲んで、彼の目をちらりと見た。

「まあ待て、もう少し考えろ。じゃないとおれがみじめじゃないか。だろう？」

彼の言葉に僕は仕方なくこくりと頷いた。

「でもいいのかい？　仕事中だろう？」

「おい、再会して十分と経ってないぜ。それとも気味が悪くて一刻も早くここから抜け出したいのか？」と彼は言うと、声を上げて笑った。

「賞品はおあずけになるけど」彼は灰皿の隅にタバコを押しつけ、それを何度かねじった。

二本目のタバコが箱からとんとんと出されようとしていた。僕は肩をすくめた。

「どこまで話してもいいのか分からないけどな。まあ、友人代表としてあいさつくらいはしておこう。こういうことを言っても構わないかな？　君があんなことをする人間だったとは思わなかったよ。彼女は我々の大好きな友だちだったからね。一度は面と向かって言いたかったんだよ。まあそれも昔の話だ。もう四年も経った」

「五年だよ」

彼は浅尾さんのクラスメートだった。もちろん二言三言の言葉は交わしていただろうけれど、彼の言うとおり、名字を聞いて憶い出すような仲ではなかった。彼は新しいタバコに火を点けると、いすの背もたれに深くもたれかかり、ゆっくりと煙を肺に送った。

「そうか五年か。でも確か一年間どこかに行ってたろう？　それを差し引いて、我々の恨みは四年としておこう。まあ、結局は君と彼女のことだからな。当時もいろんなことを言われただろうし」

「恨まれついでに呆れ返ってもらっても構わない。浅尾さんは今どこにいるんだい？」

　彼は大きなため息を吐き出し、首を大きく横に振った。「彼女のことをそうやって呼んでたろう？　浅尾さんって。彼女はそれがすごく好きだったんだぜ」

　思いついたようにいすに座ったまま背中を左右にひねると、彼は腕を精一杯伸ばして灰皿をたぐり寄せようとした。僕がその灰皿を彼の方のテーブルの端にそっと置くのを、彼はじっと見ていた。

「知ってどうするの？」彼はタバコの灰を丁寧に、執拗に落としながら僕の顔を見上げた。「それに君も知ってのとおり、残念ながら彼女は何も言わずに学校を辞めたんだよ。一言もなしで」

「僕にも何も言わなかった」

「そりゃそうだ」

　僕の意を推し測るような沈黙をしばらく続けると、彼は腕時計をちらりと見た。「我々が知ってるのは、彼女が東京から来たってことだけだな」

　東京、と僕は思わずつぶやいた。

「君がそんなことすら知らないってのは異常だぜ。少なくとも普通じゃないよ。どうせ血液型も知らないいんだろう？」彼はそう言うと、紙コップの中のコーヒーを飲み干した。

「彼女が今現在どこにいるかなんて知る由もない。もし仮に知っていたとしても、君には教えなかったと思うよ。だってそれを彼女は我々に望んだと思うんだ。まあでも、おれは割りに君たちの付き合い方から学んだところもある。女と離れるときのために最初からお互いの話は控える、てね。憲法の前文にもってこいだ。お礼にあそこにある雑誌をやろう」と彼は言って、部屋の隅にあったマガジンラックを指差し、ゆっくりと、自分が口にした言葉の価値を高めるようにゆっくりと立ち上がると、そのうちの一冊を抜き取り、放り投げるようにテーブルの上に置いた。

週刊の女性誌がその表紙を上にして目の前に差し出された。僕は黙ってそのたわむれを受け流していた。

「仕事柄ね、そういった類の雑誌に目を通すんだよ。たまには、千回に一回くらい、勉強になるんだな。どうすれば効率的にしつこい女から離れられるか、とかね。とにかくそこに書いてある記事に、誰かに教えようとは思わなかったけど、君が知りたいことの切れ端がある。勝手にしろよ」

彼はそう言うと、灰皿の中の吸い殻をごみ箱の奥に放りこみ、上から水をかけた。「そろそろ仕事に戻るよ。子どもたちのために甘い甘いお菓子を配らにゃならん。名刺交換といきたいところだけど、連絡先を知ってどうするわけでもないだろう」そう言って、重い足取りで会場の方へと足を運んでいった。

「コーヒー、ごちそうさま」

僕の言葉に、彼は右手をだらりと上げて応えた。

僕は背もたれに体を預け、ぼんやりと宙を眺めていた。会場から小さな歓声が上がった。おそらく彼が配ったお菓子に子どもたちが反応したのだろう。僕はほんの少しだけそんな光景を想像して、そして目の前に置かれた週刊誌を手に取った。

帰る道すがら、浅尾さんが一体何を伝えようとしていたのか考えていた。あるいは、と僕は歩を止めて考えた。もしかすると彼女は昨日、いや明日あそこに来るのかもしれないと思った。いや、僕はもう一つ何か決定的なことを見過ごしているのかもしれない、と。けれども何かの、僕が知りたいことの、切れ端が記されているという雑誌を片手に、自分に言い聞かせるように思い返すと、何かがうまい具合につながっているのかもしれないと僕は思った。確かに浅尾さんの友人の言葉は最後まで僕と積極的に向き合おうとはしなかった。それに結局はどこにもつながっていないのかもしれない。やるだけのことはやった、と納得していたけれど、チャンスをふいにしたのだろうか、と一方で僕は浅尾さんを前にしてそう尋ねたかった。顔を上げ、一直線に伸びたにぎやかな通りを見渡すと、僕には目の前がよるべき何物もない静かな空間が尽きることなく広がっているようにしか感じられなかった。

なるべく意識を一カ所に集めて雑誌をぱらぱらとめくり、僕は小さなため息を一つ洩らすと、どうしてその量が必要なのか全く分からないその分厚い雑誌をベッドの上に放り投げた。夕食を温めている間、僕はもう一度、頭が痛くなるようなページを辛抱強く繰った。

ある男性の死亡記事で僕の目はぴたりと止まった。それは本当に小さな扱いだったので、見落としていた設問にようやく気がついたように、僕はそのページに目を奪われた。その男性はある業界で最も有名な人物の一人だった。彼がコーディネートした数々の帽子を僕もどこかで目にしたことがあったかもしれない、そういった類の著名人だった。追悼記事に記された彼の業績はパイオニア的なものだった。早くから主要国との太いパイプを形成し、その長けた新しい感覚でこの国の大多数の婦人は総合的に洗練されていった、とある評論家は彼を称賛し、その死を残念がっていた。彼を信頼していた多くのデザイナーも追悼のコメントを寄せていた。その男性の名前は、浅尾朝雄氏とあった。アルファベットのつづりでよく知られた人物だった。

「浅尾アサコよりは若干まともな名前ね」と言ったときの浅尾さんの呆れた表情が猛烈な勢いで頭の中を駆け巡り、それはまぶたの奥に帰着した。何だかいつもそんなへまをしているようだった。たいていのことはずっと後になってはっと気づく。

新聞の死亡欄を検索し、ひととおりの情報を集めた。浅尾さんの手がかりは東京に集中していた。

5

「この一年がデッドラインだな。踏み外さんとも限らん」と柏さんは僕の顔をまじまじと見て、そうつぶやいた。

「テロに戦争、それに厄介なウィルスの話も持ち上がってきてる。そしてお前が離脱すると言ってきた。まったくやる気が湧いてくるよ」

「柏さん、柏さんが僕に言った最初の言葉憶えてる？　一番最初に言った言葉だよ」

「おれが言った言葉？　一番最初にお前に？　なんだったけな。女の口説き方でも教えたか？」親指と人差し指とで挟んだボールペンをぶらぶらさせながら、柏さんは肩をすくめた。

「いい予感がしたからおれを信用しろって言ったんだよ」

「そんなこと言ったか？」

僕は小さく頷いた。「あれから僕の人生はぐんと面白くなったよ。間違ってなかったと思うし、正しい道を歩いてこれたとも思う」

「今日は得意のジョークはなしか？」

「まあ割りに赤い絨毯の横のくすんだ、染みなんかがこびりついてるね、きな臭い絨毯の上も歩いたよ。でもそれが僕と柏さんとのやり方だからね。信用しろって柏さんが言ってくれたおかげだよ。憶えてないかもしれないけどね。僕にはもっと退屈で孤独な人生を送ってた道もあったはずなんだよ。柏さん、本当に大切な言葉って案外そんな末路を歩むのかもね。柏さんは確かに僕にそう言ったんだよ」

「もっと心に浸みることを言ってきたつもりだけどな」と柏さんは言って、心臓の辺りをこぶしでとんとんと叩きながら、静かに笑った。

散らかった机の上に、陣地を堅守する古参兵のような姿勢で古い置き時計が新しい時間を刻んでいた。すぐ横で高く積まれた書類の山が危なっかしく揺れていた。カップの中のコーヒーにかすかな波紋が広がって、そして消えた。

「まあ、小っちゃな猫が通り過ぎても倒れるな」柏さんは僕の視線を追いかけてそう言った。

「自分の取り分から従業員の給料を払う必要はないよ」

「そんな気の利いた人間じゃないさ」

「それくらい知ってたさ」

「じゃなくて、お前がだよ。何か別の理由があるんだろう？」柏さんはまっすぐに僕を捉えた。「おれの気持ちは分かってるな？」

突然、柏さんの携帯電話が踊るように鳴り出した。「ハロー・ドーリー」の一節を二人で笑いながら聞いていると、痺れを切らした呼出音は不意に途切れた。

「これで一人の女の子に振られた」と柏さんは首を横に振りながらつぶやいた。

「問わず語らずなんてもう限界なんだよ。ハルちゃんにそんなやり方はフェアじゃないぜ。おれは今から釈明の電話だ」

ウォータールーから、僕が初めて経験する大陸という世界に向かい、いくつかの国境を越え、ロシアの南下政策よりだらしなく長い夏、若い駆け出しの柏トラベルは、名前だけ知っているような連中の家に転がりこみ、まるで趣味の悪い冗談のような何百万の人間を集めた特大パーティーで笑い転げ、油が抜けきったツナの缶詰を持ち歩いて、トランクには正装を忍びこませていた。

研修として初めて添乗に同行したタイの生ぬるい夜、客が王宮料理に箸を伸ばす間に、カオサンロードを少し北に上がっただけの静かな通りで、屋台中の食べ物をテーブルにのせ、笑い声に耳を澄ませて、次々に平らげていった。

柏さんがいなければ経験できなかったことばかりだった。僕は電車の中で、コマ送りの映像となって繰り広げられるそんな活劇にじっと見入っていた。そしてあちら側とこちら側のものごとについて、時間をかけてゆっくりと考えた。僕が、自分の都合だけで、進もうとしているあちら側にあるもの。こちら側にずっとあるべきもの。いったんあちら側に通じるドアをくぐれば、こちら側である種のものごとがぴたっと閉じられることを。

僕の代わりにそれらを愛してくれる人がいるだろうか。そういった考え方は本当にフェアではなかった。けれども僕はやるせないくらいにそれらを、僕が後ろに追いやろうとしているものごとを、想った。

窓の外では、沈みかけた太陽の光があちこちを柔らかく射し、鋭い角度で反射していた。街の地平線はブルーとピンクが混ざり合ったような淡い色あいで染められ、遠くを飛ぶ鳥の一群が空の高いところで旋回していた。

「それを言わないわけにはいかないの?」

僕の言葉を遮り、ハルコは言い聞かせるように静かにそうつぶやいた。

ゆっくりと燃え上がりそうな、長く、澱んだ沈黙を二人は、ハルコは、耐え、引き延ばされた行き止まりをそれぞれが歩いていた。ハルコは立ち上がり、部屋の中を見渡した。ガスレンジの火を消すと、横顔を見せないように自分の部屋に入っていった。静かな、足音のない動きだった。僕はその様子を、口を閉ざした背中を、消えるまでぼんやりと視界の端で眺めていた。

壁一枚隔てた向こうでハルコは眠っていた。僕はヘッドボードの付け根に首を窮屈にもたせかけ、彼女のベッドがかすかに軋《きし》む音をずっと聞いていた。あるいは、僕の呼吸でベッドが鳴っていたのかもしれなかった。ハルコはまだ眠っていなかったのかもしれなかった。

窓の外の通りを車が走り抜けるたびに、奇妙な音が聞こえた。まるで大勢の人間が、暗闇からぬうっと差し出された鎌の刃先に首をひっかけられたような音だった。目をつぶると、眼球の奥で、ぴかりとその刃が鈍く光ってはすぐさま消えた。僕はハルコを傷つけ、そして僕が捨てたこちら側のドアの向こうに追いやった。自分が、結局は、そういったことをやってしまえる人間なんだと分かると、それに呼応するかのように体が震えた。死神がそっと枕許に招待状を置いていくように、僕もただ傷つけないわけにはいかないのだ。そうはっきりと理解すると、光を飲みこんだ白い刃先がすうっと闇を切り裂いて、その切り口が二つに分かれ、それぞれの方向に落ちていくのが見えた。その向こうもまた、一切を飲みこんだ暗闇だった。僕から浅尾さんを奪い去ったものとは何だったのだろうか、と僕は考えていた。

「ここの家賃は払ってけないでしょう?」

ハルコの荷物が全部片づけられ、最後の持ち物となった小さなバッグをキッチンのいすにそっと置いて、僕たちは向かい合って座っていた。

「そうだね」と僕は小さく答えた。

「全部捨てていくのね?」ハルコはそう言って、マンションの鍵を、テーブルにのせた手の中でまさぐっていた。「冗談よ」と顔を上げると、そう結んだ。

一人分の荷物がきれいに、完全になくなると、部屋の中はまるで間違ったまま続けられた複雑な計算の解答のように、納得できない、何かがごっそりと抜け落ちた、そんな欠落感の詰まった空気で充たされていた。

「最近、自分がほとんど喋ってないって知ってる?」

ハルコは僕の目の前に鍵をことりと落とした。窓から射しこむ午後の光で、小さな鍵はほんのわずかな影をつくった。

「あの手紙が来た日から」ハルコはその鍵を見つめた。「でもね、本当はあれからじゃないいんだよ。ずっとあなたは何も喋らなかったんだよ。ねえ、あなたがすごく傷ついてるのは分かるよ。でもね、私は自分でも想像できないくらい傷ついてると思うし、あなたにはそれが絶対に分からないと思う」

ハルコは小さな小さなほほえみを口許に浮かべていた。

「でもお互いこうなるって分かってたんだよね、いつかこうなるって。ねえ、物分かりのいい女だなんて思わないでよ。私はあなたと結婚したかったんだから」

「うん」と僕は頷いた。

「ねえ、お願いだから、これからどうするんだなんて訊かないでよ。このかばん投げつけるからね」そう言って、ハルコは小さなバッグを手に取ると、勢いをつけてさっと立ち上がった。

最後に目を合わせながら、それはお互いを捉えることなく、ただその周辺を漂っているだけだった。元気で、という二つの声が、ハルコが出ていった後も、部屋の中で響いていた。掬《すく》うようにそのひとかけらを手の中に収めると、音もなくすうっと消えていった。僕は手の平を見つめ、そしてゆっくりと下ろした。

兄が出ていき、ハルコが出ていった。その同じ週に地方裁判所執行官室から男が来た。

「いやにがらんとしてますねえ」とその男は言った。

マンションの所有者が代わり、不動産競売について裁判所から現況調査を命じられた執行官氏は、部屋の間取りを確認し、その状況を写真に収めていった。

「引越しですか?」書類をめくりながら、顔を上げることなく彼は言葉を続けた。

ハルコが出ていったそのままの部屋の中は、その不在感で埋めつくされていた。それは誰の目にも不自然な空間として映っただろう。ある連なりがそこで悠然と立ち並んでいるそばから、不意に抜け落ちたところどころの箇所から何かしらの強い空しい像が力なく放たれていた。あるいはあの名前が冠せられたはかりがまだ活躍していたならば、少しは安心できたかもしれなかった。

「やっぱり気になりますか？」書類に走り書きされる文字の羅列を眺めながら、僕は彼にそう尋ねた。

「いえね、ただ何となくそう思っただけですよ」

「どうだろう、僕なら一日として耐えられそうにないけどな」

執行官氏はおもむろに顔を上げると僕を一瞥し、僕の言葉を仕方なく確かめるように再び部屋の中をぐるりと眺めやった。

「どうでしょうね、一人で住むには少しばかり余計なものが無さすぎるかもしれませんね」と彼は言って、引き戻されるように書類の束に目を落とした。

「余計なものが無さすぎる。やっと分かった。僕がぼんやりと感じていたのはまさしくそういうことだったんですよ」

「確かここに住まわれて長いんでしょう？　お一人ですか？　なら、あなたは慣れてらっしゃる」彼は顔を上げずにそう答えた。

「そうかな。例えばすごく美しい歌声を聞かせる歌手が、曲の合い間ごとにすごくみにくい咳払いをしていたとしたら、どうだろう?」

「よく分かりませんが、大変面白い話ですね。書類に――」と彼は僕に署名を促した。

「僕もよく分からないんですよ」

僕は、彼が人差し指で署名箇所を指定していくとおりに自分の名前を記した。全く身に憶えのない名前を書いてやろうかと思ったけれど、一日かけてマンション内の部屋を一つ残らず訪問しなければならないという彼の言葉を憶い出して、やめた。

「もし気になさるようでしたら、そこに気の利いた湯沸かしでも置いておいたらいかがです?」玄関に歩を進めながら、彼はキッチンの隅を指差してそう言った。

「それには気づかなかったな。今度モスクワから取り寄せよう」

彼は取るに足らぬといった顔を浮かべてくたびれた革靴を履くと、頭を深々と下げて僕の部屋を後にした。

僕は誰かと喋りたいだけだった。再び一人になると、その沈黙がどうしようもない形となって渦を巻いているのが見えた。無音の、余波すらない渦だった。

　それでも、荷物が明らかに多すぎることで、動き出せない気がしていた。その中から使えそうなものは実家に送り、おおかたは処分した。問題となったのは、学生時代から集めてきたレコードだった。馴染みのレコードショップと交渉し、何人かの友人に彼らが気に入ったものを進呈した。一五〇〇枚程度あったレコードは、引越しにかかる諸々の費用に回すことができた。それでも二〇〇枚ほどはどうしても手放せなく、僕は段ボールにしまった。ボブ・ディラン、バニー・ウェイラー、スモーキー・ロビンソン、二日酔いで迎えた朝にリトル・フィートがなかったらきっとベッドから起き上がる気なんて湧かない。ターンテーブルとアンプと図体ばかり大きいスピーカーは、友人との交換で、ポータブルのレコードプレーヤーになった。

　それだけ済ませると、ようやく身軽になった気がした。マンションを出ていくときは、何着かの服とレコードを収めた段ボール、それに七年間共に過ごしたソファーがあるくらいだった。

第3章　橋を架ける・長いエンドロール

たとえ、それがどういった形であったにせよ、ある種の切実さをキャッチしてきたのかもしれないけれど、そこに僕の決定事項が含まれていたのか、僕でなくてはならない理由がきちんと、具体的にあったか、結局は何一つ選んでこなかったのではないだろうか、と街を出るとき、僕はそんな風に考えていた。ハルコがいつか言ったように、僕は真剣に何かと向き合うような際、とるべき態度を、かけるべき言葉を、その場面をやり過ごすことなく、捧げてこなかったのかもしれない。そう考えると、遅かれ早かれ、遠回しにしろ小さな誠意をもってしても、僕は本質として、拭いきれない傾向として、目の前の人間を傷つけ、損ない続けるんだろうと思った。勇気がほしかった。立ち向かい、決して途中で諦めない力強い気持ちが。

浅尾さんの手紙を何度となく読み返した。そこに書かれてあるどんなにささやかな事柄にも、何か見落とした扉がひそんでいて、その奥で誰かをずっと待っているような静かな想いが込められているのではないだろうかと探し続けた。封筒に顔を近づけると、まだ花のかすかな香りが鼻をかすめた。僕はその匂いを吸いこみ、抱き締めるようにぐっと体に浸み渡らせた。同じように目をきつく閉じ、眼球の奥で一点の弱い光を求め、それをゆっくりと体中に伝えることで少し気持ちが落ち着いた。

講堂での夜、舞台のそでから顔を出した浅尾さんのほほえみが現れては消えたときの、そのほんの少しだけ残った陽気さのかけらを僕は憶い出していた。あのとき僕は、本当にすき間のない充足を全身で感じていたのだ。そのことを僕は彼女に伝えなくてはならなかった。

＊＊＊

駅を出て、小さな商店街を抜けると、割りに大きめの神社が門を構え、その向こうに型にはめたような長方形の街が広がっていた。朱を塗り直したばかりのような鳥居には、参拝者をじっと待つ鳩の群れが横一列に立ち並んでいて、その脇を通る僕を一斉に一瞥すると、僕が彼らの期待に添えない人間だと察知して、再び商店街の細長い通りに目をやった。それでも何羽かの生真面目な鳩は急降下で飛び下りてきて、しばらく僕と歩を同じにした。境内の隅に街の見取り図を記した案内看板が立てられていて、その上にも鳩が、まるで過剰な根気をのぞかせる門番のように羽を休めていた。僕はメモを取り出し、もう一度目的の場所と照らし合わせた。本当に近づきつつある実感が不意に不吉な音頭取りとなって胸を重く一突きした。果たして浅尾さんはそこにいるのだろうか、そもそもが僕の勘違いだったのではないだろうか、そういった不安を打ち消そうとするたびに、胸への一撃が強く、速くなっていった。しばらくそんな自分を眺めているうちに、いつものように五年という歳月が僕の背中を一押しして、ゆっくりと前に進ませようとした。

小規模な工場、低い家屋、慎ましい公園、新築の学校、そういった街並みの一画に浅尾と表札を掲げた大きな家があった。四囲を葉の鋭い生け垣で巡らせ、そのすき間からゆったりと緑の敷物が這うように一面を覆っている庭が見えた。庭先に置かれたカップルのデッキチェアとそれに合わせた一脚のコーヒーテーブルとが、軒先から差し出されたひさしの下で汚れることなく木の輝きを放っていた。今にも縁側から誰かが姿を現わして、デッキチェアの上を二、三度はたいてから腰を落ち着かせそうな雰囲気だった。平屋建ての離れの窓には青いカーテンが揺れていた。

チャイムを押して待っている間、僕は駅からずっと思案していた最初の言葉を再度組み立てていた。まずどう名乗るべきかで長い間悩んだ末に、サークルの同窓生というのが一番妥当だと決着がついた。その後は流れに応じて喋ればいいと考えた。近々サークルのOB会のことで連絡させて頂こうと思っていましたところ、このたびのご不幸を耳にしまして――。

「はい」とインターフォンから穏やかな声が聞こえた。女性の声だったけれど、浅尾さんの声ではなかった。

「お尋ねしたいのですが、浅尾亜矢子さんのご実家がこちらと伺いまして参ったのですが――」僕は身をかがめて送話器の口に向かってそう言った。

相手はしかしすぐには答えを返してくれなかった。その沈黙は解消されることなく、しばらくあてもなく続いた。その間、すべてが的外れな行動だったのだろうかという問いかけしか頭に浮かばなかった。駄目だったときのことは全くの白紙だった。また別の方向に進むにはどうすればいいのかこれっぽっちも見当がつけなかったのだ。

不意に誰かが僕の名前を呼んだ。それは僕の下の名前だった。たいてい名字で呼ばれることが多く、それに馴れ親しんでいたので、まるで記憶の中で誰かが僕に言ってきたような感じだった。

「＊＊さん？」

もう一度、今度はきちんとインターフォンからそう届いた。浅尾さんの声ではないことは分かった。

「はい」と僕は鼻をぶつけそうになりながら急いで返事をした。「はい、そうです」

インターフォンの接続音が切れると、再び長い沈黙を待たなければならなかった。けれども、間違ってなかったんだとようやく納得することができたことに僕の胸は震えていた。

玄関が勢いよく開けられ、応対したと思われる女性が空模様でも確認するような顔で現れた。彼女はそっと上げた手で僕を庭の方へと促すと、一人で先に歩いていった。浅尾さんの母親にしては若く見えたし、姉にしては少しばかり年齢に開きがあるように見えた。なんだか不思議な光景だった。僕は名前を呼ばれ、そして門をくぐろうとしていた。つい最近一人の人間、世間に広く名の通った人間の死を見送ったばかりには到底見えなかった。その女性は庭先のデッキチェアに腰を下ろし、僕が到着するのをぼんやりと空を眺めて待っていた。あるいは家を覆う異様な静けさの中に、まだ死の新鮮な像が漂っているのかもしれない、僕は砂利が敷かれた小径を歩きながら、二階の閉じられた窓を見つめてそんな風に考えていた。

彼女が向かい合った僕に着席を促すと、それが浅尾さんのしぐさによく似ていると僕は思った。僕はただ春に山を下りた雪男のように言葉を失ったままその手招きに従っていた。

じっと横顔を見つめられている間、その視線に耐えながら、僕はそこから見える景色を一つ一つ散漫な目で眺めていた。道すがら考えていたあいさつの言葉を口に出すには、どうしてもそのどれもが適当とは思えなかった。僕は彼女が何かを切り出すのを静かに待っていた。静寂の外から、街の音が間を置いて聞こえていた。

「手紙を出してからずいぶんと経ってるけど?」

彼女は張りのある声で、語尾を軽やかに上げてそう言った。まばらに白くなった髪を染めることはなく、化粧をほとんどしていない肌が水に濡れたように光って見えた。浅尾さんの母親なんだろうか、と僕は再び考えていた。

「亜矢子には内緒で出したのよ、もちろん中は読んでないけどね。ずっとそのままだったから、気になって。それにしても結構な時間が経ったみたいよ。手紙には何も書いてなかったのかしら?」

亜矢子、と彼女がそう呼ぶ響きがとても自然で気持ちよかった。

「割りに鈍い方なんです」僕は彼女の顔をちらりと見てそう答えた。「正確には三ヶ月です。その間、こっちの街で新しい生活を始めたものですから、落ち着いたときに伺おうと思いまして」

「そう」と彼女はその調子を崩すことなく受け流すように納得した。

「それはそうとして、私は余計なお世話をしたかしら?」

「とんでもない」と僕は間を置かずに返答した。

けれどもその後の言葉が続かず、すきあらば包みこもうとする縁側の奥の静けさの澱みが、二人の間に潜りこもうとしていた。それを破るかのように彼女が大きく息をふうと吐いた。

「紹介が遅れたわね。亜矢子の叔母です。でもご存知かと思うけど父親がああいう人だったから、私の家族が本当の家族みたいなものね。この家で大きくなって、この家に帰ってきたから」そこまで言うと彼女は一呼吸置いて、僕がその言葉を体に浸透させるのを待った。

「少し時間をちょうだいね。あなたは絶対ここに来ると思って、何を言おうかずっと考えてきたのよ。でもあなたの顔を見たらほとんど忘れたわ」そう言って、彼女は目許にしわをつくりながら小さく笑った。

「兄は、亜矢子の父親は、一度も結婚しなかったのね。亜矢子の母親は兄と契約みたいなものを取り交わして彼女を産んだわけ。だから亜矢子は本当の母親を知らないわ。見たこともないの。彼女を産んだ後、その女性は約束どおりどこかに行ってしまったから。兄は子どもがほしかっただけで、妻がほしかったわけじゃなかったの。それでようやく子どもを手に入れて、名前をつけて、それで私に預けたっていう話なのよ」

はあ、と僕は合づちのようなものを何度も返していた。

「聞いたことあって?」と彼女は僕の目をのぞきこんだ。

「いえ、初めて耳にしました」と僕は言って、そこで急に我に返った。「大変失礼をしました」

僕が簡単な自己紹介をしている間、彼女は一つ一つの言葉に豊かな表情を示して聞いていた。

「あまり大学のことは喋りたがらないんだけど、あなたの名前だけは知ってるわ。亜矢子がこれまでの人生で男性の名前を口にしたのは、父親を除けば、唯一あなただけなのよ。両手を上げて喜ぶってほどの名誉じゃないでしょうけどね。とにかくあなたには一度会ってみたかったの。ようこそおいで下さいました」頭を下げた彼女ははすかいに僕の顔を見上げて、にこりと口許をほころばせた。

デッキチェアの肘掛けを、そこにそっともたせかけた腕の腹でぽんぽんと叩きながら、僕はぎこちないほほえみを返していた。芝生のところどころが枯れ、水を失った海底のようにぽっかりと浮かび上がっているのがやけに目についた。浅尾さんの叔母さんはデッキチェアの背もたれに深く身を沈めると、次の言葉を探るように口を閉ざしていた。生け垣の向こうで、通りを歩く人の姿が現れては影になった。浅尾さんはここにはいないんじゃないだろうか、と僕はふと思っていた。

「ええ、そうね」

浅尾さんは、と言いかけた僕の言葉を遮って、憶い出したように彼女は幾分声を上げてそう言った。

「亜矢子のことを話さなくちゃ」と言った彼女はしかしまた同じように口を閉じて、ぼんやりと前方に視線を漂わせていた。

「そうね、まずあなたは私を見てどんな人間だと思った？　正直に答えてみて。だってそれであなたがどんな人間かもある程度は分かるでしょ？」

突然のことだったので、そうですねえと言葉を濁しながらも、彼女の目は真剣だったので、僕はそれに応えるようにその目を見つめ返した。

「第一印象で特別に何かを感じたわけではありません。ただ浅尾さんに、亜矢子さんに似ているなとぼんやり思っていたくらいです。でも言葉を交わすうちに僕なりに感じた点がもちろんあります。あなたは、大変失礼な言い方で申し訳ありませんが、あなたは率直な方だと思いました。けれども、おそらくプライヴェートと公との自分をきちんと持っていらして、しかしそのことでストレスを感じておられることはないと思います。そして個人的に生きることを好んでおられると思います。亜矢子さんもそういったあなたに大きな影響を受けてこられたのだろうなと僕は実感しました」

僕は立てつづけに話していた。「申し訳ありません。ぶしつけに過ぎました」

「それってあなた自身のことじゃないの?」笑いながら彼女はそう返した。笑うと目許にしわが寄って、それが彼女の表情をより豊かにした。

「僕は割りに感じやすい方です。人の意見に左右されないことはありません」

「亜矢子はそんなにわがままだった?」彼女の笑い声が、庭の静寂を裂くように高く広がっていった。

「そうね、遠からずだと思うわ。まあ女性が手を叩いて喜ぶような言葉じゃなかったけど、正直に言ってくれたことに喜ぶ女性は少なくないわよ」と彼女は言った。

「手紙のことを話さなくちゃね」デッキチェアの上で居ずまいを正す僕を見ながら、彼女は言葉を続けた。「あの手紙は亜矢子が意識を取り戻したときに書いたものなの」

「意識を取り戻したとき?」僕はおうむ返しにそう訊いた。不吉な一突きが胸を襲った。

「正確に言うわね。でもずっと考えてきたんだけど、私から口にするのを亜矢子がよしとするのか迷ったし、一体どこからどこまで話していいのか結局自分でも納得できなかったのね。そのことは分かってほしいの」

僕は彼女の慎重な言葉に一字一句洩らさず耳を傾けながら、先を急く気持ちを抑えて、内側で鳴る鼓動を懸命に鎮めていた。けれどもその速度は増すばかりで、少しの間の沈黙が耐えがたく重くのしかかっていた。

「正確に言わなきゃね。三年間入院してたの。退院したばかりなのよ」と浅尾さんの叔母さんは言った。

僕はふと頭に浮かんだことをそのまま口に出してしまっていた。「舌ですか?」

「した?」と彼女は驚いた。「したって、舌のこと?」そう言いながら舌をぺろりと出して指差した。

「いいえ違うわ、そうじゃない。でもどうして?」

「ただ何となくそう思っただけです。申し訳ありません、急に。知り合いに舌の病気で長い間入院していた子がいたものですから」僕は彼女の言葉に安心しながら、とっさに答えた返事に居心地の悪さを感じていた。

「そう。でも舌じゃないわ。こっちに帰ってきて検査入院のまま、そのまま三年入院して、それで一年間ほどこの家で静養して、一人でもう一度暮らし始めたのがちょうど一年前くらいかな」

「どこを悪くされてたんですか?」

僕の顔はとりつく島がないような異様な緊張を帯びていたのかもしれない。そうね、と言った彼女は「喉が乾いたわ」、と言い残して縁側から家の奥へと歩いていった。

浅尾さんは三年間も何かの病気で苦しんでいたのか、と僕は頭を抱えていた。それが原因で僕の許から去ったのだろうかと考えると、自分の無力さに驚き呆れ、どうしようもないくらいに悲しくなった。けれどもまた一人暮らしを始めたと言った叔母さんの言葉に心から安心していた。その口調には、暗黒の時代が終わったことを告げる旅回りの詩人のような穏やかさと客観性があった。しかし、浅尾さんは一人でそれに立ち向かったんだ、という事実がやはり僕の体を激しく揺らした。

「ビール、付き合ってくれるわね」

浅尾さんの叔母さんは背の高いグラスを二つと、ビールを一本栓を抜いて持ってきた。デッキチェアに掛け声をかけて腰を下ろすと、一仕事終えたようにふうと息をついた。

「亜矢子さんは最近上海に行かれました?」グラスにビールがそっと注がれるのを見つめながら、僕は気取られない程度に軽く訊いてみた。

「上海? 上海って中国の上海?」手を止めた彼女は顔を上げて僕に訊き

返した。

「ええ、中国の上海です」

「行ってないわ。どうして？」再びビールのびんを傾けながら、彼女は眉間にしわを寄せてそう言った。

「いえ、よく似た人を見かけたものですから。やっぱり人違いだったんだな」と僕は最後の文句を独り言のように返した。

忘れていた渇きを癒すように僕がひと息でグラスを空けると、彼女は何も言わずに新しい一杯をゆっくりと注いだ。彼女は体を休めるようにデッキチェアに深くもたれかかりながら、少しずつビールを飲んでいた。背もたれの一番上に髪がこんもりと押さえつけられ、難を逃れた幾束かの髪が木枠の外側に垂れていた。彼女がほんの少しでも姿勢を変えるたびに、その自由に溢れた髪は気持ちよさそうに揺れ、陽光の具合で輝いて見えた。

二杯目のビールを半分あたりまで飲むと、僕はグラスをそっとコーヒーテーブルの上に置いて、彼女が喋り出すのを庭を見渡しながら待っていた。

「さっきも言ったけど」と彼女は静かに切り出した。「自分が何を言えばいいのかよく分かっていないのね。我ながらずいぶん情けない話なんだけど。でも私が亜矢子を育てたの。兄はどうしても仕事を優先する人間だったから、赤ん坊を連れて海外になんか行くわけがないでしょう？　だから私の家族が亜矢子にとって本当の家族であり、私が彼女の母親なのよ。みんなには少し年の離れた姉妹だって言ってるんだけどね」

彼女のほほえみが空気を伝って、僕の体まで届いた。

「母親でも姉でもいいんだけど、彼女に介入しすぎたのは事実ね。あなたが言い当てたように率直な人間なのよ。手紙の件だってそう。意識を取り戻したっていうのは、亜矢子が人並みに喋ったり食事したりできるようになったってことだから、あなたにはさっき過剰な心配をかけたわね。それで、あなたたちの関係はほとんど知らないんだけど、彼女の机の中にずっとあの手紙がしまってあったから、私が勝手に出したのよ。亜矢子はこのことを知っていないわ」

彼女はそう言うと一口ほど残ったビールをぐいと喉に流しこみ、次の一杯を自分でグラスに注いだ。炭酸が湧き立つ音が妙に誇張されたように響いていた。

「それで病気というのは?」と僕はその際立った静けさに耐え切れなくなって尋ねた。

「あなたが、多分、これまで亜矢子のことで心を痛めてきたのはよく分かるけど、これからあなたが知ろうとしていることはあなたを本当に傷つけるわよ。その覚悟はできてるの? 私はそのままのことを言うわよ」

彼女はまっすぐに僕の目を捉えていた。僕は視線を落とし、それについて考えた。けれどもどれだけ頭の中を空っぽにしたり、変な角度にひねってみても、彼女に対する言葉は出てこなかった。沈黙が妙に濃い空気となって僕の呼吸を苦しめていた。

「傷つくのは仕方のないことです。僕はそれを聞いてひどく傷つくかもしれませんし、亜矢子さんを許したり、受け入れたりするのができなくなるかもしれません。まったく整理がつけておりません。でも僕は聞かなければならないと思っています。彼女の手紙には、何かしらの伝え合うべきものがあったと僕は信じています。それに僕は直面しなければなりません。

そのために新しい街に来ましたので。どうぞありのままお話し下さい」

「ありがとう」と彼女は小さく言った。

「亜矢子がこちらに帰ってきたのは、彼女が妊娠したからです」

僕は彼女の顔を睨みつけるように見た。彼女はこくりと小さく頷いた。

「ボーイフレンド、つまりあなたを、私は亜矢子に向かってひどく罵ったわ。でも察するところ相手はあなたではなかったようなの。彼女はとうとう父親は誰であるかは言わなかったわ。誰か分からないと言うばかり。そのときの彼女の状態は本当にひどかったの。とにかく一人の人間が一回の人生で混乱する何倍ものひどさだったわ」彼女は頭を振って、大きなため息を一つ洩らした。

僕は浅尾さんが妊娠したという事実をうまく飲みこめなかった。彼女が妊娠？　それは単なる趣味の悪い冗談にしか聞こえなかった。理解しようと自分に言い聞かせるそばで、そんなことはありえないと決めつける自分が僕の中ではげしく拮抗していた。しかし浅尾さんの叔母さんはその手を休めようとしなかった。

「相手が誰だか分からないということは、つまりそういう交際があったわけよね？　私の言うことは分かる？」

「分かると思います」と僕は息を殺しながら答えた。

「亜矢子が帰ってきて、そのことを告げたとき、私も同じように取り乱したのよ。彼女の言い分では何が何だか分からなかったし、母親としてもちろんショックを受けたしね。兄なら、彼女の本当の父親なら何て言っただろうか考えたけど、その頃はもう延命装置でやっとこさ生きてた状態だったのよ」

　彼女は僕の目を見つめ、そしてくるりと反対の方向に目をやると、しばらくしてもう一度僕の顔をゆっくりと見た。

「事実だけを言うわね。質問は後にして。亜矢子は堕ろさなかったわ。でも、体調も頭ん中もどう見たってまともじゃなかったからかもしれないんだけど、流産したのよ。あるいはそれを望んでいたのかもね。それでその後は口が利けなくなって、結局はそのまま病院に入ったきりになったの。三年間、割りに長いわね、三年間彼女は駄目だったわ。父親と同じ病院で過ごしたその三年間が、唯一親子が同じ屋根の下で過ごしたというのも皮肉な話よね。それでこの家でゆっくりと静養して、一年前に彼女の希望どおり、一人で生活することを私が認めたの」

庭の隅で、勢いよく伸びた松が肩の力を抜いたようにその葉を風に預けていた。その風が庭先にいた二人のところに一斉に向きを変えると、緑の匂いがほのかな触手となって僕の頬を撫でた。グラスの底に残ったビールは汗を出し尽くしていた。浅尾さんの叔母さんは、きっとずっと悩んでいたのだろう、それだけ言い終えると眠りに就いたようにデッキチェアの背もたれに頬をぴたりとつけて目を閉ざしていた。小さな肩がテンポよく上下に揺れていた。

僕は事実を受け止めなければならなかった。五年前に目の前に差し出された事実とは、種類も程度も違う強烈に具体的な事実を。それでも僕は理解したかった。けれどもそれは無理だと直感で分かっていた。

「それで亜矢子さんの現在の状況はよい方向に進んでいるんでしょうか？」

僕は体を相手の方に向けて、しかしその奥の茫漠とした光景に目をやりながらそう尋ねた。

「ええ、おかげさまで。元気でやってると思うわ。そんなにしょっちゅう連絡を取り合ってるわけじゃないんで詳しくは分からないけど、とにかく元気よ。一時に比べたらずっとよくなってるな」彼女は浅尾さんの姿を思い浮かべるような目で虚空を掴んでいた。

「手紙には」と僕は言って、彼女の注意がこちらに向くのをほんの少し待った。「手紙には、そういったことはもちろん書いてありませんでした。僕に会いたいとも書かれていなかったです。でも、彼女が僕に何かを伝えようとしていることは分かりました、勝手な見解かもしれませんけど。先ほどから仰っておられるように、彼女はあの手紙を出すつもりはなかったのかもしれません。でも細かいことは言えませんが、あの手紙が僕をここまで導いてくれたんです。もし手紙がなかったら、僕は何ひとつ気がつかなかったでしょう」

「亜矢子に会いに行く気はあるの?」

「ええ、そのつもりです。なんにもできないかもしれませんが、会って顔が見たいです。話がしたいです」

浅尾さんの叔母さんは僕の言葉を聞いて、ありがとうと小さく言った。その口許はかすかに震え、ぎこちなくほころんでいた。

僕はそのとき初めてデッキチェアの背もたれにそっと身を沈めた。革が軋む音が、姿勢が落ち着くまで続いていた。一息ゆっくりとつくと、近くの家から食欲をそそる匂いが漂ってくるのが分かった。まるで何かの扉が一枚開けられたように、無防備に視界がクリアーになっていた。このまま眠りこみたいな、と僕は頭の後ろで手を組んで考えていた。

＊＊＊

浅尾さんの住むマンションからは大きな街が見渡せた。目の前の細く緩やかな坂道を目でなぞっていくと、その途切れたずっと向こうに、まるで浮遊する幻の都市がぬうっと顔を出したようにその大きな街がぼんやりと横たわっていた。通りを挟む街並みから一気に視界が広くなるその光景にはどこか虚ろな印象があったけれど、僕は長い間心を奪われたように眺めていた。その高台の通りからは街の莫大な営みが遠くの方まで続いて見えて、それらの一つ一つがしっかりとつながり合った大きな建造物を眺めているようだった。それは決して心が安らぐような景色ではなかったけれど、心がぽっかりと空っぽになってしまうようなためらいのない思い切りのよさみたいなものがあった。

浅尾さんが住む街を歩くというのは不思議な感じがした。空を見上げても頼るべきものは何もないように僕の目には映ったけれど、懐かしさに似た心のかすかな揺れを感じずにはいられなかった。それはまるで夢に見た街で、その続きを歩いているような感覚だった。やっとここまで来たんだ、という想いも強くあった。

僕が受け取った手紙を、浅尾さんはおよそ二年前に書いていたことを僕は時間をかけて考えていた。そしてその手紙がずっと机の中にしまってあったということを。どうしてあのとき、手紙に導かれたとき、偶然が続き、あるいはつながっていたのだろうか。どれだけ長く思いを巡らせても、その脆さがある種の恐怖となって僕を包みこむしかなかった。とても脆く、いびつな現実は、僕をまた別の方向に導いただろうし、僕はもっと違う種類の残酷さについてがく然としていたかもしれない。あるいは、強烈な意識の放射というものを僕は生まれて初めて考えた。それが具体的な形を求め、しがみつき、何かを飲みこんでいく、ひっそりとした、強靭で圧倒的な力を想像した。僕は何を信じてきただろうか、強い思いを何に捧げてきただろうか。それでも信ずるということは不完全であり、絶え間なく現れては消える。けれどもだからこそ、新たなアプローチを模索し、トライするチャンスが残されているのだろうと僕は自分に言い聞かせるように思った。本当はそう叫びたかった。

確かに僕はいろんなことを考えていた。その街に来るまでの長い道のりも、飽きることなくいろんなことを考えることに費やしていた。何かが静かに生まれては、あっけなく消えていく様をぼんやりと眺めていた。光線のようにあっという間に過ぎ去っていく幾万もの景色を横目にやりながら、ゆっくりと思いつくままにじっと考えていた。

絶対に来ない、と浅尾さんは彼女の叔母に言った。妊娠して、その子どもを産もうとした彼女は三年間入院した。退院すると、僕宛に手紙を書き、封筒に入れてから投函することなく机の中にしまっておいた。そしてもう一度一人で生きていくことを望んだ。五年間、彼女は一体どういった希望をいくつ抱いてきたのだろうか。その間に、通過すべき道を辿り、架けるべき橋をその両岸に渡してきたのだろうか。たくさんの言葉がまだ僕の中でうごめいていた。ぶつかっては散っていき、暗闇を好んでは光を探した。僕は勇気と向かい合った。それはものすごく現実的であり、一方で非現実的だった。

僕はしばらくの間、浅尾さんの部屋の前で立ち尽くしていた。廊下をすり抜ける風が頬を撫でると、再びどこかを目指して吹かれていった。バイクが加速していく低い音がつかの間辺りを席捲し、鈍いざわめきを残して遠くの方に消え入るように過ぎていくのが聞こえていた。

そのドアには生活の気配が全くないように思えた。ぽつんと一つだけ取り残された古い境界のように僕の目に映った。同階の他のドアとはどこか違って、寒々とした印象を僕に与えていた。そのドアからは一切の匂いが洩れることなく、誰かの手によって開閉されることもなくなったある種の冷たさがあった。新しい陽気な住人をずっと静かに待っているようなのっぺりとした悲しげなドアだった。僕の目の前を、その一枚の分厚い鉄の板はそのような様子でそびえるように立っていた。

けれどもそれは錯覚の部類に入る思いこみだった。僕はそんな自分の想像を否定して、備えつけられたチャイムを、壊れそうなものを傷つけないで触れるように、そっと力を込めて押した。残響が伝わる中、次第に静まり返る廊下で、僕は自分の心を落ち着かせ、その波動を真上から眺めていた。

しばらくすると、チェーンを外す音が何度か耳に届いた。それは一度失敗し、振り出しに戻って、再度試みたように続いた。あるいはいくつかのチェーンが交差しているのかもしれなかった。

ドアがゆっくりと押し開けられた。僕は半歩退いた。ノブを握る細い腕がそっと目の前に差し出された。僕は柔らかい光を当てるように、手首から肘の間接を曲がり、ほんの少しせり出た肩を目でなぞった。肩先を撫でる黒い髪が揺れていた。そして僕は浅尾さんの目を見つめた。

やあ、と僕は彼女に声を掛けた。その声は空気を震わせて、風に乗ったように彼女の耳に運ばれていった。

浅尾さんは一言も喋れなかった。喋ろうとする口許からはどのような言葉も出てこなかった。僕はただ彼女を真正面から見つめていた。部屋の奥から彼女を照らす陽光が伝わっていた。彼女の輪郭はそっとぼやけ、輝いていた。大きく開かれた目が一直線に僕を捉えていた。

彼女はさっぱりとした綿のワンピースの上に、胸のところにワンポイントの刺繍を施した無地のTシャツを着ていた。Tシャツの向こうでワンピースの青と白の格子模様が透けて見えていた。額の真ん中で分けられた髪が耳にかけられることなくそのまま頬を伝い、肩に触れる手前でそっと内側にはね、幾本かは指でたくしこまれるのを避けるように鼻先に流れていた。美しい黒髪だった。彼女は人差し指で前髪をしかるべき恰好に撫でつけた。

「浅尾さん、会いにきたよ」

僕はそう言って再び彼女の瞳をまっすぐに見つめた。お互いがそんなにも真剣に、時間を忘れ、一切を後ろにやって見つめ合ったのはそれが初めてだった。まるでその間に、何もかもを取り出して、分け合って、それぞれの保管場所にしまいこむようなやりとりが行われているようだった。僕は静かに口許をほころばせた。

「すぐ分かった?」と彼女は僕のほほえみに応えて、ようやく、けれども軽やかにそう尋ねた。その声はどこかに経由することなく僕の耳にダイレクトに届いた。

「そうだね、マラソンには割りに向かないみたいだな。何度も何度も諦めたくなるようなコースは全員を台無しにしてしまう。きっと観客もうんざりするよ。とにかく丘のてっぺんだ。念願が叶ったね」

彼女は僕の言葉を聞いてにこっと微笑み、ゆっくりと大きく息を吸いこんで、吐き出すと同時に唇をそっとわずかに噛んだ。

「中で猛獣でも飼ってる?」僕は少し首をかしげて部屋の奥をのぞきこ

んだ。

「ごめんなさい、どうぞ入って。さっき撃ち殺したわ」照れ笑いを浮かべてそう言うと、彼女はドアノブを握る手を固定させて、片方の手で僕を手招きし、体を窮屈に横に向けた。

僕の通り道ができた。彼女は目でそう促していた。僕はノブに置かれた彼女の手に、その上から自分の手を重ねた。彼女は目を伏せた。触れ合った手を通してお互いの心の揺れが行き交い、しばらくあてもなく深いところで澱んでいるようだった。彼女はうつむいたままだった。

僕は弾みをつけるように少し力を加えて手を離し、腰をかがめて片方ずつ靴を脱ぐと、かかとを揃えて玄関の隅に置いた。その様子を彼女がぼんやりと目で追っているのを僕は背中で感じていた。

部屋の中は以前と変わらず質素なものだった。僕は勧められるままソファーの上に腰を下ろした。床にはいくつかの雑誌や本が放り投げられたそのままの様子で置かれていた。彼女は慌ててそれらを回収してまわった。全部外国の刊行物で、テーブルの下に転がっていた使いこまれたポケットサイズの英英辞典を僕は見逃さなかった。一冊残らず乱暴に脇に抱えると、彼女は寝室と思われる奥の部屋へと寝床に帰る小動物のように入っていった。

つかの間の一人を僕は忙しくしていた。そしてそこから判断できたことは、僕がそうでないように、彼女も以前の彼女とは違うかもしれないけれど、少なくとも今の彼女は自分で望んだ一人での生活をこなしているということだった。部屋の中を見渡して、僕は一応の安心を感じていた。安心というよりは納得していたのかもしれなかった。

「実はね、手紙読んだんだ」

キッチンでお茶を入れた彼女は、ソファーに座る僕の顔をちらりと確認してから、二つのグラスをそっとテーブルの上に並べた。僕たちはそれを手に、いつかのように、いつものように、お互いの考え事に没頭していた。しかしすでに時間は流れすぎていた。僕は一口唇を濡らすと、ゆっくりとそう切り出した。

「叔母から聞いたわ。あの人はあれで満足してるのよ」と浅尾さんは小さな声で返した。

「いや、そうじゃない」僕は彼女の顔を見た。「叔母さんのおかげで僕はここに来れた。あの手紙がなかったら僕は何も気がつかなかったんだ」

「大したことは書かなかったわ」

「そうかもしれないね」

僕はそう言って、グラスをテーブルに戻した。コルク材のソーサーが音と水滴を吸収した。彼女は少し離れた一人掛けの小さな木のいすに腰を落ち着けて、僕の手許の動きを眺めていた。

「でもね、実際にあの手紙はいろんな奇跡を起こしたんだよ。大したことは書かれてなかったかもしれない。でもそこに刻みこまれてたものはね、僕が経験したことのない大きな大きな、力強いものだったんだ」

彼女は僕が話し始めたときから、僕の顔を、テーブルの上のグラスさえをも、見ることができなくなっていた。うつむき、口はほんのわずかだけ開けられ、けれども上下の歯がぴたりと閉じられていた。そのすき間から言葉が洩れることはなく、ある種の意思も堰き止められていた。僕は彼女のそんな様子をじっと見つめていた。自分がこれから何を話せばいいのか全く見当がつけなかった。

「私はあなたにあんなにひどいことをしたのよ」と彼女は苦しそうに口に出した。「叔母から聞いてるでしょ？」

「そうだね、ダイジェストで聞いたくらいだな」

「冗談じゃないのよ、本当のことなの」

「分かろうと努力したよ」

僕はそう言って次の言葉を懸命になって探した。けれども、虚しさで形成されたような茫漠としたかたまりが口に押しこまれたみたいに一言も喋れなかった。僕は苦しみに耐えてそれを飲みこんだ。

「でも無理だった。僕はそんなに現実的な人間じゃないし、もっとずっと傷つきやすい人間なんだと分かった。同じようにね、周りの人間が現実的でささいな傷なんて気にしないと思ってたし、期待してたんだ。でもそうじゃなかったんだよ。僕はとことんまで彼らを台無しにして、ここまで来たんだ」

僕は彼女の所作を目で追いながら言葉を続けた。「仕方がないじゃないか。もう二度と浅尾さんを失えなかったんだよ。そのためにすべてを捨てる覚悟でここまで来たんだ。僕にできることは限られてるよ。ほとんどないのかもしれない。でもね、だからこそ僕は前を向いて生き続けなければならないんだ。それが僕にできる数少ないアプローチのひとつなんだよ」

「すべてを捨てるのなんかできないわ」と彼女は力なく返した。

「そうだね、きっと無理だ」

「私はあなたのほとんど全部を駄目にするわ、ほとんど全部、まるっきり全部」

彼女の震える心と体をわし掴みにしたかった。仕方がないじゃないか、と僕は頭の中で何度もつぶやいていた。僕はもう一度彼女の姿を見下ろすようにあごを少し上げて眺めた。

「浅尾さん——」

「私はあんなにひどいことをしたのよ」

僕の言葉を遮ると、彼女は顔を上げて息もつけない様子でそう囁いた。

聞こえるか聞こえないかのかすかな響きが僕の耳に届いた。

「それなのにずっとあなたに助けを求めてた」

「分かってるよ。僕はそれをきちんとキャッチした」

見つめ合った目を振りほどくことができなかった。彼女の表情には悲しさだけが貼りついていた。僕にはそのどうしようもないような憂いを晴らせなかった。

「私は」と彼女は切り出したけれど、後が続けなかった。彼女の心の揺らめきが空気を震わせていた。再びうつむくと、彼女は懸命にそれに耐えていた。

「私は話すべきなの？　ねえ、どうしたらいい？」

「僕たちは話さなくちゃならないと思うし、それを聞かなきゃならない。お互いハードな一日の夜だ。犬のように喋り続けて、丸太のように眠りこけたいよ」

「あなたの言葉がずっと聞きたかった。本当に本当にずっと聞きたかったの」

「でもユーモアでは乗り越えられないものごとがある、だろう?」

「例えば?」

「例えば、あのろくでもない――」僕は考えた。けれども何ひとつ思いつけなかった。「何も思いつかないよ」僕は諦めて、息を吐き出すようにそう言った。

彼女は笑おうとした。けれどもただ口角がわずかに少し押し広げられただけだった。それでも彼女のほほえみの像が静かに放たれると、目の前のあらゆるものがそれに呼応して、一斉に新しい呼吸を始めそうに僕の目には映った。ほんの一瞬、そのかすかな音が伝わってくるようだった。

「浅尾さん、僕たちはお互いに何を求めてたんだろう?」

「何も求めていなかったんじゃない?」彼女は間を置くことなく、ためいながらそう答えた。

「そうかもしれないね。僕もそう考えてた。それがどれほど残酷で、何という究極の言葉なんだろうって思うよ。でもね、僕たちはきちんといろんなものを求めてたんだ。それに見合った真剣な言葉を持ち寄れなかったんだよ」

彼女は小さないすの上に片方の足をのせ、膝を抱えるようにして座っていた。僕はその裸足の指を見つめ、背中を丸めた彼女を視界の中に収めていた。彼女は膝の上に頬を横たわらせると、悲しげな鋭い視線を僕に向けた。目をそらさずに立ち向かえ、と僕は自分に言い聞かせていた。

「僕たちはきっかり一人分の人間を精一杯生きよう。いつか言ったような二人分の恋なんて単なるごまかしだよ。浅尾さんのあの小っちゃな舌に誓って、あんな過ちは二度とよそう」

「あのとき、私たちは気づいてたのかもね」

「いや、僕はなんにも気がつけなかった。自分の本質や傾向といったものを思い知るまで、僕は本当にこれっぽっちも分からなかった。周りの人間を傷つけるまで分からなかったなんて虫がよすぎるけど、それでももっと別の方向だってあったはずだよ。もっと悲惨でずっと嘘ばかりの道だってあったはずなんだ」

「私は」と彼女は膝をぎゅっと抱き締めて、言葉を丁寧に選びながらゆっくりと話し始めた。「私は、あの街を出るまでまともだったの。自分のやってることは一から十まで理解してたし。でも街を離れて初めて、空気が抜けていくみたいに駄目になった。帰った場所が実家だったなんて傑作よね。もっと誰も知らないところにでも行くべきだったのよ。誰にも迷惑のかからないひっそりとした氷のような場所へね。でもそうしてたら、本当にあなたを完全に失ってたよ。そんなのって生きてけないよ」

最後の二節、彼女は暴発したみたいに、子どものように、けれども声を殺してそう口に出した。僕は踏みとどまって、彼女がまだ喋ろうとしている様子を見守った。小さな肩が大きく揺れていた。散らばらないように、彼女は自分の体を必死になって抱き締めていた。

「私は誰のためにもならないことをしてたの。誰のためにも。私のためにも。気がついたら自分の父親と同じようになってた。でも彼はまったく関係ないわ。父の病室に行って、意識のない彼に向かっていろんな話をしたけど、彼と私は違うって分かってた。私がしたことはもっと汚らわしいことよ。あなたが言ったような言葉はあのとき思いつかなかったけれど、私も自分の中の本質や傾向といったものを思い知ったのかもしれない。こんなことを平気でやってのける人間なんだって。理由なんてなかったの。ただあなたとはもう会ってはいけないってことだけがはっきりしてた。こんなのって説明になってないよね」

僕は静かに腰を上げ、彼女の許に歩み寄った。立ち上がった瞬間、まるで押し戻す力と押し出す力とに体をもてあそばれているような感覚で、その拮抗の間を突き破るように背筋を伸ばさなければならなかった。うなだれたままの彼女の肩に手を掛けると、びくりと一度、彼女は全身を硬張らせた。僕が包みこむように背中に腕を回している間、彼女は一気に肩の力を抜き、僕にしがみつき、そしてそのまま崩れ落ちるように体を僕に預けた。僕は彼女の呼吸を感じていた。ぐっすりと眠りに就いたような大きく緩やかな運動だった。彼女が今何を考えているのか、僕は知ろうとしたけれど、やめた。

しばらくそうしていることで、彼女の内奥の声に耳を澄ませたかった。けれども結局はそれも不可能だと分かった。長い長い、灯りもともされていない暗い道を歩いているような気分だった。これを乗り越えなければならない、と僕は懸命に思っていた。その先に何があろうとも決して退いてはならぬ、と。

　全部を駄目にする、と彼女は言った。それが意味することについて、僕たちは戦慄を覚えるべきなのだろうか。あるいは、愛が孕む抑えることのできない力をひどく恐れるべきなのだろうか。僕は自分に言い聞かせていた。本当の恐怖とはその中で諦めることだ、と。

「浅尾さん、あのね、もっとたくさんのアプローチが僕たちには残されてるんだ。それを試さない手はどこにもないよ」

　彼女は僕の言葉を聞いて、より一層の力を込めて僕を抱き締めた。

「こんなのって説明になってないか」と僕は言った。「とにかく僕たちはチャンスをふいにはしなかった。割りに説明が苦手なだけだ。でも続けよう。僕たちはそうやって少しずつ空白を埋めるしかないんだよ」

「ローリング・ストーンズも説明が下手かもね」彼女は顔を上げると、頬を赤らめて突然そう言った。その声にはちょっとばかり得意な響きが混じっていた。

「その代わりに彼らは本当にイカしたダンスをするんだ」僕は驚きながらそう答えた。

「どんな女の子でもイチコロの？」

「そのとおり。なかなかできることじゃない」

彼女は目を輝かせていた。「時間をかければ私にもできるかしら？」

「かもね。時間をかけてゆっくりと。とにかく続けていくことが大切なんだ」

僕はそう言いながら、口下手のストーンズを想像していた。ミックとキースがマイクを向けられて躊躇しているその脇で、ぺらぺらと喋り続けるチャーリー・ワッツの姿を思い浮かべると自然と笑みがこぼれた。

「五年間が今、あっという間に過ぎていった気がしたよ。浅尾さんは僕の大好きなことを憶えててくれた。きっと僕たちにはたくさんのアプローチが手つかずで残されてる」

「五年間、あなたが何を考えて過ごしてきたのか知りたいわ」彼女は体を起こして、僕の顔を見上げた。

「どうだろう、割りに傷つけると思うよ」

僕は浅尾さんと別れてからの日々を思い返しながら一つ一つ話した。一年間が音も立てずに過ぎ去ったこと。ロンドンに行ったこと。そこで柏さんに出会ったこと。ハルコに出会ったこと。二人がどれほど僕を安心させて、守ってくれたかということ。帰国してハルコと暮らしたこと。柏さんの会社に転がりこんだこと。そして浅尾さんからの手紙を受け取ったこと。その手紙を通して僕が体験した不思議な出来事。浅尾さんのメッセージ。浅尾さんに会いに行かなければならなかったこと。僕を愛してくれた二人の人間をあっさりと後ろに追いやったこと。僕は五年間に起きたことを、すべて正直に話した。ハルコがそばにいてくれたおかげで、僕に新しい生活を送る決心がついたことを。

「でも結局は浅尾さんのことが好きで仕方ないことがよく分かった。それは本当にどうしようもなかった。僕はたくさんの人を傷つけてここまで来たんだよ」

反面に、浅尾さんの五年は淡々としたものだった。時々、それはあまりにもシンプルに過ぎて、僕は恐怖を感じずにはいられなかった。けれども彼女が僕のことを本当に強く想っていたことが痛いほど分かった。僕にそれほどの強い想いがあっただろうか、僕は彼女の話を聞きながら自分に問い続けた。ただの一度だって一貫性がなかったのだ。彼女が自分を苦しめ続けたように、僕もしかるべき態度で自分を責めなければならなかった。たとえ新しい希望の光で道が照らされていようとも、僕には避けて通れない自分自身の影が色濃くあった。

「もうどこへも行かないでね」と彼女は僕の耳許で囁いた。

僕は彼女を抱き締めた。「僕に前科はないよ」

「おんなじことなの」彼女はそうつぶやいて、そっと僕の胸の中に顔をうずめた。

「浅尾さん、僕は浅尾さんのあの小っちゃな舌に誓って、もう離れないよ」

そう言って僕は彼女の唇にそっと口づけをした。舌の下の舌が、腫れ物が引いたように、そっくりなくなっていた。

第4章　エンドロール、再び

僕は夢を見た。それが夢であることは物語の最初から分かっていた。僕たちは三人で歩いていた。古い街並みの中には、僕が知っているところや知らないところが、ばらばらに組み合わさって連なっていた。三人は坂になった通りを愉しげに下っていた。

僕は連れの顔を見渡した。一人は浅尾さんで、彼女はにこにこと笑っていた。もう一人には顔がなかった。時折振り返ったり喋りかけたりすると、その第三の人物は女性だったり、男性だったりした。けれども僕たちはまるでそんなことを気にすることもなく笑い合って通りを歩いていた。

一軒の家の前で僕たちは不意に立ち止まった。二階部分の鉄骨が剥き出しになって、建設中の様子だったけれど、誰の姿もなかった。一本の赤錆びた鉄骨が通りに差し出されるように伸びていた。ジャンプすれば指が触れそうな高さにその鉄の柱はあった。

気がつくと、その柱の上を一人の赤ん坊が這いつくばって行ったり来たりしていた。僕たちは危険を察知した。僕は浅尾さんを肩車し、その赤ん坊を助けようとした。けれども柱の高さが一向に彼女と縮まらなかった。

彼女は精一杯腕を伸ばした。赤ん坊は柱の先を目指して歩き続けた。不意にバランスを崩すと、その赤ん坊は何食わぬ顔で飛び下りた。そこで僕は後ろに退いてしまった。浅尾さんは声を上げた。赤ん坊は地面に叩きつけられようとしていた。すると、影の方からさっと手が伸びるのが僕の目に映った。顔のない第三の人間がぎりぎりのところで赤ん坊を見事にキャッチした。抱えられた腕の中で、赤ん坊は顔一杯の笑みを浮かべていた。

浅尾さんと第三の人間が急いでその家の主の許へと駆けていった。僕は安堵の中で腰が抜けたように地面にひれ伏した。するとまた一人、別の赤ん坊が鉄の柱の上をそろりそろりと不安定な足取りで進みくるのが、僕の目に文字どおり飛びこんできた。僕は慌てて体を起こし、周りを見た。けれどもそこには僕一人しかいなかった。僕は赤ん坊に向かって懸命に腕を伸ばした。どれだけ伸ばしても、届くことはおろか赤ん坊の注意を引くことさえできなかった。目を見開いて腕を伸ばしていると、僕はあることに気がついた。その赤ん坊が見たこともないくらいに美しかったのだ。美しい赤ん坊だなあ、と僕は驚いていた。ほんのりと化粧を施したように赤ん坊の頬が輝いて見えた。突然、赤ん坊がそのおぼつかない足を気にすることなく立ち上がると、美しいほほえみを湛えて、僕の腕の中を目がけて飛び下りてきた。あ、と僕は体を硬張らせた。そこではっと目が覚めた。

「あまりぱっとした夢じゃなかったみたいよ」

浅尾さんが僕の手をそっと握って、穏やかな声で話しかけてきた。僕たちはバスに乗って、丘を下りるところだった。

「久しぶりに愉しげな夢を見たと思ったら、ちゃっかり暗い場面が割りこんできたよ。もう少しで——」僕は停車ボタンに腕を伸ばす老人を見つめていた。

「どんな夢だったの?」と彼女は訊いてきた。

けれども、どれだけ憶い出そうとしても、僕が何かを掴みそこねた感触しか取り戻せなかった。彼女の手をぎゅっと握り返すと、自分の手の平が湿っているのが分かった。

「悪い夢は忘れるに限る。ていうか、忘れちゃったよ」

「口に出さないと実際に不吉な形となって目の前に現れるかもよ。不意に、ぱって」

「驚かさないでよ。本当に憶い出せないんだから」

僕がそう言うと、彼女は愉しそうにくすくすと笑った。

バスはどんどん丘を下っていった。僕は窓の外に目をやって、さっき見た夢をありありと憶い出していた。それは不意に強いクリアーな像として頭の中を支配した。赤ん坊が飛び下りてきたとき、僕はなぜ足を後ろに、思いがけずにやったのだろうか。あのときの嫌な感覚がどろりと腰の周りをくすぐり、こびりついたような気がした。それから美しい顔をした赤ん坊の笑顔が僕の眼球の奥で現れては消えた。もう一度頭の中を整理すると、抱きかかえた赤ん坊を家の主に渡しに行こうとしている浅尾さんともう一人の人間の駆けていく後ろ姿が現れ、同じようにすうっと建物の影へと消えていった。

「考え事?」浅尾さんは僕の目をのぞきこむと、僕の中の面白味を引き出させるようなほほえみを浮かべてそう尋ねた。「そろそろ明るい方向に導きなさいよ。ほら、停車ボタンを押して」

僕は促されるままに、腕をぐっと伸ばしてボタンを押した。バスは停留所の手前でそろりと速度を緩め、そして静かにブレーキをかけた。

僕と浅尾さんは手を結んだまま降りた。けれどもバスはまだ誰かを待っているかのように一向に発車しなかった。ドアは開け放たれ、ぶるんぶるんと低いエンジンの音が続いていた。

「私が待たせてるの」と彼女は握っていた手を離して僕にそう言った。

「寄るところがあるから先に行ってて。場所は分かるでしょ?」

「僕も一緒に行くよ。時間だけはもみがらみたいにあるからね。どこまで行くの?」と僕は訊き返した。

「すぐ済むから先に行ってて。私もすぐ追いつくから」彼女はそう答えるばかりだった。

彼女が昇り口に歩を進ませ、窓際の席に着くのを僕はぼんやりと眺めていた。ドアが音を立てて閉まると、バスは唸りを上げてゆっくりと走り出した。僕は窓からのぞく彼女の肩を見上げていた。急にどうしようもない不安に駆られ、僕は走り出すバスとしばらく併走した。けれども速度をどんどん上げていくバスについていけるわけもなく、その差は見る見るうちに開いていった。彼女は何も気づかなかった。僕は車体後方の行き先標示板を目で追った。そこには何も書かれていなかった。白い標示が掲げられていた。僕はでたらめに駆けた。彼女の名前を叫びながら、辺りに目もくれずにバスを追いかけた。通りにクラクションの鋭い警告が何度も鳴り響いた。

はっとなって目を覚ますと、浅尾さんが心配そうな目をして僕の顔を真上からのぞきこんでいた。僕は嫌な汗をたっぷりとかいて、部屋の天井に向かって手を伸ばしていた。だんだんと状況が分かってくると、高ぶった鼓動が少しずつ落ち着いていった。

「あまりぱっとした夢じゃなかったみたいよ」

彼女は穏やかな、輝いた笑みを浮かべてそう言った。僕たちはベッドの上で、夜の静けさの中にいた。

「どんな夢だったの？」と彼女は僕に訊いた。

「浅尾さんが僕の前から消えていく夢だよ。最初から最後までゴキゲンな場面なんて一度もなかった」僕は喉のひどい渇きを感じながら答えた。

「人はそう簡単に消えるもんじゃないわ」彼女はそう言って小さく笑った。

「だってほら、こんなにしっかりと手を握り合ってるんだもん。ちょっとやそっとじゃ離れられないわよ」

僕は彼女が目の前に差し出した二人の重なった手を見つめた。不意に僕はその手を無理にひっこめた。彼女の手が恐ろしく冷たかったのだ。まるで氷を凝縮させたような冷たさだった。彼女は驚いた顔で僕を見た。僕はもう一度彼女の手を握った。それは温もりのある柔らかい手だった。

「浅尾さん、もう二度とこの手を離さないで。そしてできれば――」僕は彼女の目をまっすぐに見つめた。「これから話すことを聞いてくれ」

著者プロフィール

池田 真一（いけだ しんいち）

1978年　兵庫県生まれ。京都府在住。

愛は多く　人々は遠く

2004年4月15日　初版第1刷発行

著　者　池田 真一
発行者　瓜谷 綱延
発行所　株式会社 文芸社
〒160-0022　東京都新宿区新宿1-10-1
電話　03-5369-3060（編集）
03-5369-2299（販売）
印刷所　株式会社 フクイン

ISBN4-8355-7294-7 C0093